모방에서 창조까지 하는 에이전트

모방에서 창조까지 하는 에이전트 4

킹묵 현대 판타지 장편소설

초판 1쇄 찍은 날 § 2022년 11월 16일
초판 1쇄 펴낸 날 § 2022년 11월 23일

지은이 § 킹묵
펴낸이 § 서경석

총괄팀장 § 황창선
편집책임 § 박현성
디자인 § 스튜디오 이너스

펴낸곳 § 도서출판 청어람
등록번호 § 제387-1999-000006호
등록일자 § 1999. 5. 31
어람번호 § 제1-3199호

본사 § 경기도 부천시 부일로 483번길 40 서경B/D 3F (우) 14640
편집부 § 서울특별시 구로구 디지털로 272 한신IT타워 404호 (우) 08389
전화 § 02-6956-0531 팩스 § 02-6956-0532
http://www.chungeoram.com
E-mail § chungeorambook@daum.net

ISBN 979-11-04-92467-5 04810
ISBN 979-11-04-92457-6 (세트)

킹묵 현대 판타지 소설

MODERN FANTASTIC STORY

모방에서 창조까지 하는 에이전트 4

모방에서 창조까지 하는
에이전트

목차

제1장   오디션 ·· 7

제2장   뮤직비디오 ·· 55

제3장   플레이스 ·· 139

제4장   라온과의 협업 ·· 175

제5장   커피 차 ·· 199

제6장   미션 시나리오 ·· 223

제7장   채이주 코인 ·· 259

제8장   연예인병 I ·· 283

제1장

—

오디션

오디션 장소인 멀티박스에 도착한 채이주는 약속 시간이 한참 남은 탓에 차 안에서 대기 중이었다.

"아직 1시간이나 남았는데 뭐라도 드실래요?"
"아니에요. 전 괜찮으니까 편하게 쉬고 계세요."
"그럼 저 잠시 내려서 스트레칭 좀 해야겠네요."

MfB의 매니저와 함께 일하게 된 지 얼마 되지 않았기에 아직은 서먹한 사이였다. 그래서인지 편히 쉴 수 없었던 매니저는 차라리 채이주가 편하게 연습할 수 있도록 차에서 내렸다.

차에 혼자 있게 된 채이주는 눈을 감았다. 필에게 배운 대로 대본에 없는 세세한 설정까지 스스로 만들었고, 그걸 다시 확인해 보는 중이었다. 그러고는 어제 태진과 늦게까지 연습했던 것을 떠올리며 대사를 뱉었다.

'진짜 옆에서 대사 해 주는 거랑 다르네…….'

태진과 있을 때는 마음이 편했다. 연기를 하다가 스스로도 이상하게 느끼는 부분은 태진이 귀신같이 알아내고 얘기해 주었다. 그것도 마냥 기분 나쁜 지적이 아니라 좀 더 나은 다른 방향으로 갈 수 있도록 유도해 주는 식의 조언이었다. 그래서 태진과 있으면 기분 좋게 연기를 연습할 수 있었다.

그때, 주차장에 차가 한 대 들어왔다. 주차된 차에서는 친분이 없지만, 얼굴은 알고 있는 사람들이 내렸다. 바로 오디션을 보는 '신을 품은 별'의 김정연 작가와 출연이 확정된 이정훈 배우였다. 배우들 사이에서도 깐깐하기로 소문난 작가이다 보니 오늘 처음 보는 것임에도 긴장이 되었다. 그래도 인사를 안 할 수는 없다 보니 서둘러 차에서 내렸다.

"안녕하세요, 작가님. 안녕하세요, 선배님. 저 채이주라고 해요."
"아, 채이주 씨. 알죠. 그런데 일찍 왔네요. 지금 온 거예요?"
"네, 방금 왔어요."

잔뜩 긴장한 탓에 인사를 하긴 했는데 어떤 대화를 이어 나가야 할지 생각이 나지 않았다. 아무 생각이 들지 않을 때, 이정훈이 말을 걸었다.

"그런데 올라가지 여기서 뭐 하고 있어요? 올라가요."

그러자 김정연도 웃으며 말했다.

"그래요. 오디션 보러 왔죠? 올라가서 기다려요. 바로 보고 싶은데 지금 일이 좀 있어서요."
"아니에요. 괜찮아요. 아직 시간이 좀 남아서요. 조금 있다가 시간 맞춰서 올라가려고요."
"아, 시간이 그렇긴 하죠. 올라가도 대기실이 따로 있는 것도 아니고. 그래요, 그럼 차에서 쉬다가 와요. 전 지금 좀 늦어서 먼저 가 볼게요. 이따 봐요."

김정연과 이정훈이 서둘러 건물 안으로 들어갔고, 채이주는 두 사람이 엘리베이터에 올라탈 때까지 눈을 떼지 못했다. 그때, 옆에 있던 매니저가 신기하다는 듯 입을 열었다.

"와, 잘될 거 같은데요? 작가님 기분 좋아 보이시네."
"같이 일해 보신 적 있으세요?"
"그럼요. 전에 있던 회사에서 하지윤 씨 담당했거든요. 그때 조연인데도 아주 쥐 잡듯이 잡아서 하지윤 씨가 촬영장 가기 싫다고 매번 그랬거든요."
"그랬어요?"

"그럼요. 주, 조연 할 거 없이 자기가 만든 설정 제대로 못 보여 주면 쥐 잡듯이 잡아요. 그래도 오늘은 엄청 친절하네요."

채이주가 느끼기에도 굉장히 친절했다.

"처음 봐서 그렇겠죠."
"에이, 아닐걸요. 누가 인사해도 그냥 맞인사만 하고 가는데. 이렇게 누구 안 챙겨 주시는 스타일이었거든요. 그사이 바뀌었거나 아니면 우리 채이주 배우님이 마음에 드신 거 같은데요? 오늘 잘될 거 같은 기분입니다!"

매니저의 말이 과장된 것인지 진실인지 알지는 못했지만, 듣다 보니 채이주 역시 기분이 좋았다. 그때, 또 주차장에 차가 들어왔고, 매니저가 채이주를 보며 말했다.

"여기 계속 관계자들 들어오는 거 같은데 나중에 한 번에 인사하시는 게 좋을 거 같은데요."
"그래도 인사는 해야죠."
"얼굴 모르는 사람도 있을 거고, 들어오는 사람한테 일일이 다 인사하는 건 좀 그런 거 같아 보여요. 배우님 이미지도 있잖아요. 나중에 한 번에 인사하시죠."

채이주도 이해했는지 매니저와 함께 차에 올라탔다. 그때, 차에서 내리는 사람이 보였다.

"어? 이하니인데요? 이하니가 왜 왔지? 어? 이상하다?"

이번에도 친분은 없지만 잘 알고 있는 사람이었다. 같은 시기에 데뷔를 한 배우였다. 하지만 자신과 다르게 연기력으로 인정받고 있었다. 그래서인지 이하니를 보는 채이주의 얼굴에는 약간 걱정이 묻어 있었다.

"오디션 보러 온 건가 봐요."
"이상하다. 우리 회사 캐스팅 팀에서 채이주 씨만 단독으로 추천했다고 그랬는데. 원래 몇 명 더 있긴 했는데 최종적으로는 다른 회사에서 다 거절했거든요. 그 목록에 이하니는 없었는데."
"그래요?"
"어? 맞나? 저 손에 들고 있는 거, 배우님 대본이랑 같은 거 같은데요."

아무래도 오디션을 보러 온 모양이었다. 그러다 보니 여러 가지 생각이 머릿속에 떠다녔다. 오디션 시간은 한참 남아 있는데 도착하자마자 건물로 들어가는 이하니와 아까 바쁘다며 들어갔던 김정연 작가의 모습이 겹쳤다.

'혹시 오디션은 형식상이고 이미 이하니로 배정된 건가… 그래서 작가님이 미안해서 친절하게 대한 거였네……'

상상을 점점 확신처럼 여기며 씁쓸해할 때 또다시 차가 들어왔다. 이번에도 유명한 여배우였다.

"어? 저 사람은 캐스팅 팀에서 추천한 사람인데! 분명히 스케줄 안 된다고 그러면서 거절했는데 왜 왔지?"

그것으로 끝이 아니었다. 톱급으로 분류되는 여배우들이 계속해서 들어왔다. 캐스팅하려면 오디션은커녕 사정을 해야지 출연할 배우들이 한곳에 모이고 있었다. 그러다 보니 점점 자신이 없어졌다. 그리고 김정연 작가의 표정이 왜 그렇게 밝았는지도 이해가 되었다. 이렇게나 내로라하는 배우들이 오디션을 보러 왔으니 기분이 안 좋을 리가 없었다.

'후……'

연습을 많이 한 덕분에 떨어져도 후회는 없을 것 같았는데 지금은 연습한 대로 하지 못할 것 같은 기분이었다. 지금 스스로도 긴장하고 있다는 것이 느껴질 정도였다. 그리고 그때, 왜 내로라하는 배우들이, 그리고 스케줄을 핑계로 거절했던 배우들이 갑자기 오디션에 합류한 건지 또다시 주차장에 들어오는 차를 보며 그 이유를 알게 되었다.

"빌 러셀 아니에요?"
"맞네요."

어제에 이어 오늘까지도 빌 러셀의 기사가 끊임없이 올라왔다. 그러다 보니 빌 러셀이 출연하는 '신을 품은 별'에 관한 관심이 고조되는 것은 당연했다. 얼마 전까지는 출연하는 여주인공이 학폭 논란에 휩싸인 문제의 드라마였다면 이제는 해외 톱배우를 출연시키는 드라마로 탈바꿈된 상태였다.

"아……."

오늘도 딸 에이바와 함께였다. 채이주는 건물 안으로 들어가는 빌 러셀을 약간 원망스러운 듯 바라봤다. 어제 도와줄 때만 하더라도 너무 고마웠는데, 오늘은 조금 미웠다. 대상이 틀렸다는 걸 알면서도 간사한 마음은 어떻게 할 수 없었다. 점점 자신이 없어졌다. 그러는 사이 시간은 흘렀고, 이제 오디션을 볼 시간이 가까워졌다.

"아… 이제 우리도 올라가요……."

매니저도 채이주의 기분을 알아차렸는지 별말 없이 차에서 내렸다. 그때 또 주차장에 차가 들어오는 소리가 들렸다. 지금까지 들어온 차에서 전부 배우들이 내린 탓에 경쟁자가 또 늘어날 수도 있는 상황이라 저절로 눈이 갈 수밖에 없었다. 그때, 느릿느릿 들어오는 하얀색 경차가 보였다.

"휴."

자신도 모르게 한숨을 뱉은 채이주는 매니저를 봤다. 매니저 역시 같은 마음이었는지 서로가 어색하게 웃을 때 갑자기 뒤에서 큰 소리가 들렸다.

"채이주 씨!"

고개를 돌린 채이주는 씻은 듯이 걱정이 사라진 채 환하게 웃으며 손을 흔들었다.

"태진 씨!"

*　　　*　　　*

오디션을 보기 위해 잠시 기다리는 중에도 연습은 계속되었다. 다만 불안해서가 아니라 최종 점검을 하기 위한 확인차 입을 맞춰 보는 것이었다. 태진이 나타난 이후로 희한하게도 불안이 싹 가셨다.

"이하니 씨는 강인한 느낌은 있지만, 부드러운 느낌은 없어요. 그래서 지금까지 나온 작품들 보면 전부 액션 연기들이었거든요. 그리고 긴 대사를 소화할 때 좀 어색한 느낌이 있어요."
"그래요?"

"여배우인데도 근육 같은 거 만드는 거 보면 노력파 같아요. 또 어떤 연습을 해 왔을지는 모르겠는데 지금까지만 놓고 보면 김별 역하고 어울리진 않아요. 김별 역은 강인하면서도 부드러워야 해서 이하니 씨랑은 잘 안 맞아요. 제가 보기에는 그동안 해 온 대로만 하면 채이주 씨가 훨씬 더 잘 어울려요."

"진짜요? 그럼 은하진은요?"

"연기는 잘하는 걸로 다들 얘기하는데 꼭 그렇지만은 않아요. 은하진 씨가 출연한 작품 중에 연기를 잘했던 건 '그대 내 품에'라는 작품이거든요. 그 드라마에서 연기를 워낙 잘하기도 했고, 드라마도 인기가 많아서 계속 언급이 되는 거지 다른 드라마나 영화 보면 그때 어떻게 그런 연기를 했는지 신기할 정도로 잘 못했어요."

"제가 더 낫다는 거죠?"

"그럼요. 많이 낫죠."

자신을 응원하는 말이 아니라 객관적인 자료를 근거로 얘기를 하다 보니 믿음이 갔다. 채이주는 마음이 한결 편안해지자 그제야 주변이 눈에 들어왔다.

"아까 올라갔던 사람들은 전부 오디션 보나 본데요? 아무도 안 보이네요."

"오면서 보니까 한 분은 저기 옆 사무실에 있더라고요."

"그랬어요? 나보다 먼저 본 줄 알았는데. 그나저나 태진 씨, 오늘 못 온다면서 어떻게 온 거예요?"

태진은 어색하게 웃었다. 뭐라고 설명하기에 조금 난감한 상황이었다.

"어떤 팀으로 갔어요? 여기 온 거 보면 1팀이죠? 나 오디션 보면 같이 촬영장 가려고?"

"아니요."

"그래요? 그럼 어떻게 여기 왔어요? 아! 혹시 4팀으로 갔어요?"

"아니요."

"그럼 어디 갔어요?"

"저 새로운 팀에 들어갔어요."

"새로운 팀이요?"

"이번에 새로 생겼어요. 지원 팀이라고 해서요. 지금은 4팀 지원으로 온 거고요."

"와! 잘됐다! 그럼 아무데나 다 갈 수 있는 거잖아요."

잘 모르고 얘기하는 채이주의 말에 태진은 괜히 애꿎은 볼을 긁적거렸다. 아침에 회의에서 부사장이 했던 말이 생각났다. 지원 팀을 꾸리고 거기의 팀장은 자신이라는 말에 기겁하고 놀랐었다. 하지만 그것이 끝이 아니었다.

"능력제라고는 해도 아직 검증이 된 건 아니니까 무리가 있죠? 일단 두 달간 지켜보고 정식 팀 구성을 검토하는 게 좋겠군요."

임시 팀에 팀장도 태진, 팀원도 태진인 상황이 되어 버렸다. 그래서인지 다른 팀장들도 딱히 반대를 하지 않았다. 하지만 찬성을 하지도 않았다. 분위기를 봐선 지원은커녕 말조차 안 걸 분위기였기에 말을 잘못 꺼낸 건 아닐까 하는 생각에 후회도 들었다.

하지만 다행히 인성 좋은 4팀장이 채이주의 캐스팅을 도와 달라 부탁했다. 잘못하면 이번 일이 자신이 하는 마지막 일일 수도 있을 거란 생각마저 들었지만, 당장 채이주의 캐스팅이 궁금했기에 바로 달려온 것이었다. 태진이 회사에서 있었던 일을 생각할 때, 누군가가 다가왔다.

"이주 씨 맞죠? 저 윤다정이에요."

고개를 돌려 보니 다른 사무실에 있던 여배우였다. 연기를 어느 정도 하는 배우였기에 태진도 잘 알고 있었다. 그런 배우가 눈앞에 있는데도 그동안 채이주를 하도 봐서 그런지 별다른 감흥이 없었다. 오히려 채이주가 얼마나 예쁜지 새삼 다시 깨닫게 되었다.

'외모로는 진짜 따라올 사람이 없구나.'

상대 배우의 인사에 채이주도 환하게 웃으며 인사를 했다. 그러자 인사를 먼저 건넨 윤다정 역시 환하게 웃었다. 다만 채이주는 정말 동료의 인사가 반가워 나온 웃음이라면 윤다정은 뭔가 사람을 비웃는 듯한 미소가 섞여 보였다. 태진은 이게 말로만 듣던 여배우들의 기 싸움인가 싶은 생각이 들었지만, 그저 반가워하는 채이주를 보면 또 그런 건 아닌 것 같았다. 그때, 윤다정이 채이주와 태진을 번갈아 보더니 이상한 웃음을 보였다.

태진은 왜 자신을 보곤 저런 웃음을 짓는 건지 의아해하며 윤다정을 쳐다봤다. 그때, 윤다정이 입을 열었다.

"이주 씨도 오디션 보러 오셨어요?"
"네! 선배님도 오디션 보러 오셨어요?"
"그렇죠."
"다른 분들도 계시던 거 같더라고요. 보셨어요?"
"오자마자 보고 다 가던 거 같던데요? 난 시간이 좀 남아서요. 그나저나 MfB가 유명하긴 한가 봐요."

순간 채이주의 표정이 살짝 굳었다. 별다른 대화가 없는 것처럼 보였지만, 채이주의 표정이 변한 걸 보면 무언가가 있는 듯했다.

"좋죠. 다들 잘해 주세요."
"부럽다! '라이브 액팅'에서 심사 위원도 한다면서요. 엄청 바쁘겠어요."

뭔가 모를 기운이 느껴졌다. 반가워하던 채이주도 전투적으로 변하는 느낌이었다.

"바빠야죠. 그리고 이렇게 스케줄 바쁜 건 많이 해 봐서 익숙해요. 선배님도 동시에 여러 개 해 보셨잖아요."

이번에는 윤다정의 표정이 변했다. 그리고 방금 채이주의 말을 통해 태진도 채이주가 공격을 했다는 걸 알 수 있었다. 윤다정은 작품 텀이 긴 걸로 유명했다. 한마디로 '난 이렇게 찾아 주는 곳이 많은데 넌 아니지?'라고 놀리는 느낌이었다.

'오… 기 싸움이구나……'

짧은 대화에서 서로 공격을 해 대고 있었다. 그때, 한 방 맞은 윤다정이 공격 방향을 바꾸려는지 태진을 봤다.

"이분도 MfB에서 오신 분이세요?"
"네, 제 일 도와주시는 분이세요."

태진은 가만히 있을 수 없기에 인사를 건넸다.

"안녕하세요. MfB 1티, 아니, 지원 팀 한태진이라고 합니다."
"네, 반가워요. 그런데 기획사에서 실력 있는 사람들 MfB에서 다 데려갔다고 들었는데 처음 뵙네요?"

"아! 신입이라서요."

"아, 그래요? 그렇구나!"

웃는 얼굴과 달리 뭔가 기분이 별로인 인사였다. 그리고 윤다정은 기분 좋은 미소를 짓더니 채이주를 보며 말했다.

"MfB에서 신경 써 주는 줄 알았는데 그것도 아닌가 봐요."

그 말을 들은 채이주가 갑자기 폭발할 것처럼 보였다. 태진은 그런 채이주의 팔을 잡으며 진정하라는 듯 기침을 뱉었다. 태진도 저 말의 의미를 알 것 같았다. 처음 채이주를 보고 했던 좋은 회사를 들어갔다는 말도 무슨 의미로 한 것인지 이제 이해가 되었다.

'회사발로 김정연 작가 작품에 오디션 보러 왔다는 말이었구나.'

그리고 태진이 신입이라는 말을 듣고 나서 한 말은 회사에서 신경은 써 줬지만, 큰 기대는 하지 않는다는 의미처럼 들렸다. 태진도 기분이 나빴지만, 지금은 채이주가 우선이었다. 괜히 기분이 상해 컨디션에 문제가 생길 수도 있었기에 채이주를 말린 것이었다.

'이런 일이 실제로도 있구나.'

그럼에도 채이주는 쉽게 기분이 풀리지 않는 듯 보였고, 윤다정은 마치 자신이 이겼다는 것 같은 기분 좋은 미소를 짓고 있었다. 이대로 두면 채이주의 컨디션에 문제가 생길 수 있을 것 같았기에 태진은 채이주를 보며 조그맣게 입을 열었다.

"이주 씨."

"네!"

"제가 알기로는 이주 씨가 선배예요. 나이는 윤다정 배우님이 3살 더 많은데 데뷔는 이주 씨가 더 빨리 하셨어요."

"아! 그래요? 그랬죠?"

채이주는 뭔가 좋은 건수를 찾았다는 듯 눈을 크게 뜨며 콧구멍까지 벌렁거렸다. 그리고 그 말을 들은 윤다정은 못 들은 척 고개를 돌리며 딴청을 했다. 그때, 오디션을 보는 곳의 문이 열리면서 사람들이 나왔다. 그중에는 모르는 사람도 있었지만 아는 얼굴도 있었다. 아는 얼굴들 중 가장 먼저 나온 사람이 태진을 발견했는지 손을 흔들며 다가왔다. 그때, 옆에 있던 윤다정이 웃으며 먼저 끼어들었다.

"선배님! 안녕하세요. 오랜만에 봬요!"

"아, 다정이구나. 너 오디션 보러 온다고 들었어. 열심히 해."

"감사합니다!"

"그럼 좀 잠깐만. 톨! 아니지, 태진 씨!"

아는 얼굴은 다름 아닌 태진이 당구장을 찾아가며 섭외했던 이정훈이었다. 이정훈은 태진을 무척이나 반가워하며 손을 내밀었다.

"여기서 볼 줄은 몰랐네."
"안녕하세요. 제가 먼저 연락을 드렸어야 했는데 죄송해요."
"죄송은 무슨! 그나저나 어쩐 일이에요?"
"여기는 채이주 배우예요."

태진은 채이주부터 소개했다. 그러자 채이주도 고개를 숙여가며 인사했다.

"안녕하세요. 채이주라고 합니다!"
"어휴, 신인도 아니면서 뭘 이렇게까지 인사해요. 안 그래도 얘기 들었어요. 반가워요."
"제 얘기요?"
"네, 우리가 캐스팅 맡겼더니 채이주 씨만 오디션 보겠다고 연락받았다고 그러던데요? 다른 사람들은 어제 급하게 하겠다고 온 거고."
"아!"

그때, 이정훈이 태진이 여기 있다는 이유를 알았다는 듯 고개를 끄덕이더니 갑자기 환하게 웃었다.

"혹시 채이주 씨 담당이 태진 씨?"

"네, 맞아요."

"아! 그렇구나! 그랬어! 엄청 기대되는데."

"배우님이 오디션 담당하시는 거예요?"

"아, 난 아니죠. 나도 배운데 내가 누굴 평가해요. 난 스케줄 때문에 왔어요. 아! 이주 씨 출연하는 프로그램에 좀 나갈 거 같거든요. 회사에서 좀 도와 달라 그래서 어쩔 수 없이 나가기로 했어요. 그래서 스케줄도 조정하고 작가님이랑 얘기할 것도 있고 해서 겸사겸사 왔죠."

"아, 그렇구나."

"언제 같이 당구 한번 쳐야죠. 이제는 지려나?"

"꼭 연락드릴게요."

"그래요. 이주 씨도 기대할게요. 태진 씨, 꼭 연락해요."

이정훈은 그 말을 끝으로 가 버렸다. 그러자 채이주가 태진이 바로 옆에 있음에도 갑자기 큰 소리로 말했다.

"이정훈 선배님하고도 친했어요?"

"친한 건 아니고요. 전에 섭외할 때 제가 담당했었거든요."

"어? 신품별에요?"

"네, 맞아요."

"와, 능력 좋다!"

태진은 채이주의 속셈을 알아 버리고는 웃음이 나왔다. 아니나 다를까 윤다정이 이쪽을 힐끔거리고 있었다. 그때, 이정훈으로 끝이 아니라는 듯 사무실에서 어린 외국인 소녀가 나왔다.

"귀족 아저씨랑 예쁜 언니네."
"에이바!"
"안녕하세요."
"네, 안녕하세요."

에이바는 수줍어하면서도 할 말이 있는지 태진을 쳐다보며 천천히 다가왔다. 태진은 에이바가 왜 저런 행동을 보이는지 알 것 같았기에 먼저 말을 걸었다.

"SNS에 팔로워 많이 늘었죠?"
"어? 알고 있었어요?"
"그럼요. 다들 노래랑 춤 잘 춘다고 칭찬하더라고요."
"고맙습니다. 저 Allstargram 팔로워 2만 명 됐어요."
"와, 엄청 많네요."

직접 휴대폰까지 보여 주며 인증을 했고, 윤다정은 그런 에이바를 힐끔거렸다. 아마도 기사를 통해 접한 모양이었지만, 긴가민가하는 눈치였다. 그때, 사무실 문이 열리면서 빌 러셀이 두리번거리며 얼굴을 내밀었다.

"에이바! 오, 태진! 오, 이주!"

러셀은 반갑게 웃으면서 태진에게 손을 흔들며 다가왔다.

"오디션 보러 왔죠?"
"네. 평가하시는 거예요?"
"아니요! 일 얘기도 할 겸 구경도 할 겸 해서 왔어요! 에이바가 K드라마도 엄청 많이 봤거든요. 그래서 혹시 자기가 좋아하는 배우 볼 수 있나 궁금해하는 눈치라서 구경 왔죠. 한국의 톱 배우들이라는데 그런 배우들이 같은 날 오디션 보는 게 흔하진 않잖아요."

김정연 작가의 이름도 있었지만, 주연배우가 하차하지 않았다면 일어나지 않았을 일이다. 태진은 웃으며 에이바를 한 번 본 뒤 입을 열었다.

"가수는 다즐링이고, 배우는 누구예요?"
"배우는 그때그때 달라지더라고요. 아! 아까 우리 에이바가 이주 씨가 제일 예쁘고 제일 잘한다고 그러더라고요. 내가 봐도 그런 거 같고요."

빌 러셀은 윤다정을 모르는지 그녀가 바로 옆에 있음에도 그런 말을 했다. 태진이 혹시나 해서 윤다정을 보니 이미 알아들었는지 멍한 표정이었다. 그런 윤다정이 태진을 보며 눈을 껌뻑거렸다. 신입이라고 들었는데 이런 인맥을 가지고 있다는 걸 믿을 수 없다는 눈치였다. 그때, 빌 러셀이 채이주를 보며 웃었다.

"내가 보기에는 이주 씨가 가장 나은 거 같으니까 잘해 봐요! 나랑 연습할 때처럼만 하면 무조건!"

채이주는 방긋거리며 웃기만 했고, 태진은 윤다정을 힐끔 본 뒤 채이주에게 통역해 주었다.

"연습한 대로만 하면 좋은 결과가 있을 거라네요."
"아! 쌩 유!"

이것으로 기 싸움을 완전히 눌러 버린 모양새가 되었다. 그리고 마지막으로 멀티박스의 직원이 다가왔다.

"죄송해요. 오래 기다리셨죠? 지금 들어가시면 됩니다. 자리가 좁아서 매니저님들은 여기서 기다리시면 되고요."

그때, 윤다정과 함께 있던 매니저가 손을 들었다.

"저기요, 저희가 먼저 왔는데요."
"채이주 배우님 다음으로 잡혀 있으니까 조금 더 기다리세요."

윤다정의 매니저도 배우들의 기 싸움을 알고 있었는지 기세를 살리기 위해서 입을 열었다.

"앞에 아까 온 배우들은 온 순서대로 하지 않았나요? 그런데 지금은 왜 이러죠?"

"온 순서대로 아니고요. 윤다정 배우님은 11시 20분에 잡혀 있잖아요. 다른 배우분들도 다들 시간에 맞춰서 오신 거예요. 채이주 배우님은 약속이 미리 정해진 상태라 앞뒤 빈 시간으로 다들 배정된 겁니다. 그러니까 조금 더 기다려 주세요."

채이주가 기준이라는 소리에 윤다정의 매니저는 더 이상 할 말이 없는지 입을 다물었다. 그리고 윤다정은 인상을 찌푸리며 그런 매니저의 옷을 잡아당겼다. 그때, 채이주가 그런 윤다정을 보며 환하게 웃더니 자리에서 일어났다.

"저 다녀올게요! 참, 언니도 오디션 잘 보시고요."

채이주의 표정만 봐도 기 싸움에서 제대로 승리했다는 걸 알 수 있었다. 별것 아니었지만, 자기가 담당한 배우가 기뻐하자 태진도 입가가 씰룩거렸다. 저 기세대로 오디션 또한 잘 봤으면 하는 바람이었다.

*　　　　*　　　　*

김정연 작가와 한재철 PD, 그리고 그 외 스태프들 앞에서 연기를 마친 채이주는 후련한 듯 크게 숨을 뱉었다. 연습을 많이 한 덕분인지 연습할 때와 비슷한 연기를 할 수 있었다. 할 수 있는 건 다 했다는 생각에 후련했다. 그래서인지 이제 들릴 평가에 큰 긴장은 되지 않았기에 앞에 있는 사람들을 똑똑히 쳐다볼 수 있었다. 그런데 평가는 하지 않고 자기들끼리 쑥덕거리는 모습이었다. 그러던 중 김정연 작가가 갑자기 채이주의 앞에 대본을 내밀었다.

"이거 한번 읽어 볼래요? 그다음 신인데 남주하고 연결되는 중요한 신이거든요. PD님이 상대역 좀 부탁드려요."

대본을 읽던 채이주는 순간 살짝 당황했다. 내용만 보면 어제 빌 러셀이 했던 장면이었는데 태진이 알려 준 대본과 조금 차이가 있었다.

"됐어요?"

아직 준비가 되지 않았지만, 언제까지 기다리게만 할 순 없었다.

"네, 해 볼게요."

채이주의 말이 끝나기 무섭게 한재철 PD가 옆으로 와 채이주의 손을 잡으며 대사를 뱉었다.

"가만 좀 있어 봐요!"

어제 빌 러셀과 다르게 한국어로 뱉은 대사였다. 게다가 빌
러셀과는 너무 다른 연기였다.

"하셔야죠?"

입을 다물고 있던 채이주는 아무래도 이렇게 해서는 안 될 것
같았다.

"저 죄송한데, 제 대사만 해 봐도 될까요?"
"상대역 없이요? 상대역 있는 게 좋을 텐데."
"제가 생각해 본 캐릭터를 보여 드리려고요."

PD의 연기가 이상하다고 말하기는 어려웠기에 돌려 말했다.
그때, 김정연 작가가 수락하는 듯 고개를 끄덕거렸고, 채이주는
잠시 눈을 감았다. 그리고 최대한 어제로 돌아가기 위해 빌 러셀
을 떠올렸다. 그러고는 다시 연기를 하기 시작했다.

"당신 뭐야!"
"놔요! 뭐 하는 거예요! 미친놈인가 봐! 어우 씨!"

대본과는 조금 다른 대사였다. 비슷하긴 했지만, 채이주가 조

금 더 과격했다. 게다가 채이주는 때리려는 듯 주먹질까지 하고 있었다. 그 모습을 보던 한재철 PD는 당황하며 김정연 작가를 봤다. 자신이 쓴 대본이 바뀌는 걸 싫어하는 작가였다. 그런데 김정연 작가가 재밌어하는 표정을 지었다.

*   *   *

태진이 설정해 준 대로 연기를 마친 채이주는 약간 긴장한 채 평가를 기다렸다. 앞서 했던 연기와는 다르게 연습이 충분치 않은 상태였기에 차라리 어제 태진이 알려 준 대로 하는 게 더 나을 거라 판단하고 연기를 했다.

대본을 마음대로 바꾸는 걸 싫어하는 작가라는 걸 알기에 걱정은 됐지만, 잘하는 걸 보여 주는 게 도움이 될 거라고 생각하고 내린 결정이었다. 그리고 김정연 작가의 표정도 예상보다 좋아 보였다.

"괜찮네요."

"감사합니다."

"대본도 아주 일부분 보냈는데도 캐릭터 분석을 제대로 했네요. 주먹질이나 욕설은 좀 과하긴 한데 싸 보이진 않네요. 오히려 캐릭터를 더 잘 살릴 수 있는 그런 느낌. 욕이 찰지다고 해야 되나?"

욕 잘했다고 칭찬받기는 또 처음이었다. 하지만 그런 이상한 칭찬에도 채이주는 자신의 연기를 칭찬하는 말에 이미 합격 여부는 상관없을 정도로 기분이 좋았다.

"디테일도 상당히 좋고요. 정말 손에 피가 묻어 있는 것처럼 보였어요. PD님은 어떻게 보셨어요?"

"저도 생각했던 것보다 훨씬 좋게 봤어요. 이런 말 하긴 그렇지만 오히려 강은수가 한 연기보다 더 캐릭터가 사는 느낌이랄까?"

"저도 그렇게 봤어요. 차분하면서 강인한 연기를 한 강은수보다는 채이주 씨가 더 낫네요."

채이주는 소리라도 지르고 싶은 마음이었다. 빨리 나가서 기다리고 있는 태진에게 잘될 거 같다는 얘기를 전해 주고 싶었다. 그때, 한재철 PD가 연기 외적인 부분을 묻기 시작했다.

"그런데 지금 '라이브 액팅'에 참여하는 걸로 알고 있는데 스케줄 맞출 수 있겠어요? 촬영이 언제죠?"

"촬영은 매일 있는데 스튜디오 녹화는 목요일이에요. 그리고 회사에서 연락했는데 '라이브 액팅'에서도 환영한다고 했다는 얘기 들었습니다."

"하긴 그렇죠. 자기들 방송에 출연하는 심사 위원이 주연으로 뽑히면 말 다 했죠. 흠, 그럼 매일 있는 건 캠이나 VJ일 거고, 목요일이 문제네요?"

"그리고 제가 맡은 팀에 참가자들도 책임을 져야 하거든요…

그래서 혹시나 제가 배역을 맡게 되면 제가 촬영하는 장면이 없는 시간에는 참가자들한테 가야 할 것 같아요.."

"음, 그건 자기 빈 시간이니까 알아서 하는 거고. 촬영에만 지장이 없으면 상관없죠."

그러고는 또 자기들끼리 쑥덕거렸다. 전의 회사에 있을 때는 대부분 회사에서 배역을 따 와 오디션은 그저 형식상으로 치르는 것이었는데 이번은 조금 달랐다. 마치 신인 시절로 돌아간 기분으로 긴장하고 있을 때, PD가 웃으며 입을 열었다.

"그나저나 연기가 엄청 늘었네요? 저 정말 놀랐어요."
"아니에요. 노력하고 있어요."
"어휴, 아니긴요. 완전 예상하고 빗나가서 놀랐어요."

한재철 PD는 자신이 말하고도 흠칫 놀랐다. 어떻게 예상하고 있었는지를 알려 주는 말이었다. 그래서 머쓱해하며 서둘러 말을 뱉었다.

"작가님도 정말 좋게 보셨죠? 그러니까 뒤에 연기도 보시고. 지금까지 오디션 본 분들 중에 뒤에 연기까지 보자고 한 분은 채이주 씨가 처음이에요."
"감사합니다!"
"좋네요. 작가님 어떻게 하실래요?"
"음, 저기 저 뒤에 있는 대본 좀 주실래요?"

김정연 작가가 한쪽에 있던 대본들을 가리키자 스태프들이
대본을 가져왔다.

"스토리는 이미 결말까지 전부 다 나와 있는 상태인데 대본은
7화까지 준비되어 있어요. 지금까지 촬영은 6화까지 한 상태인
데 김별이 등장하는 장면은 전부 새로 촬영해야 하거든요. 그래
서 그런데 언제까지 준비될까요? 시간은 많이 못 줘요. 빠르면
빠를수록 좋고요."

갑자기 자신의 앞에 놓인 대본을 본 채이주는 눈을 껌뻑거리
며 물었다.

"…저 합격이에요?"

"네."

"정말요?"

"그렇죠. 안 그럼 이걸 줄 필요가 없죠. 내가 보기에는 채이주
씨가 한 연기가 가장 좋아 보이네요. 강은수보다 훨씬 좋은 느낌
이에요. 그래도 채이주 씨 소속사하고 계약 얘기는 해야겠지만,
우리가 출연료 같은 건 이미 공지해 둔 상태라서 소속사도 알고
있을 거예요. 그래서 문제는 없을 거니까 최대한 준비를 빠르게
하는 게 좋겠죠."

앞에서 김정연 작가와 한재철 PD가 계속 말을 하고 있었지만,

채이주의 눈에는 대본만 보였다.

[신을 품은 별]

그리고 순간 어째서인지 눈물이 흘러나왔다. 채이주 스스로
도 흐르는 눈물에 놀랐는지 흠칫 놀라며 눈물을 훔쳤다. 그 모
습을 본 김정연 작가가 웃으며 말했다.

"주연도 많이 해 봤으면서 왜 울어요."
"아… 기뻐서요."
"이렇게 기뻐해 줘서 고맙네요. 배역 합격했다고 우는 배우를
본 건 또 오랜만이네요."

채이주는 눈물이 고인 채 씨익 웃으며 말했다.

"정말 열심히 준비했거든요."

채이주가 환하게 웃자 사무실이 밝아 보일 정도였다. 앞에 있
던 사람들도 자신들도 모르게 감탄했다.

"참, 예쁜데 연기도 잘하면 이제 앞으로 채이주 씨 이름만 들
리겠네요."
"아니에요. 아직 많이 부족해요. 열심히 준비하겠습니다!"
"그래요. 오늘 봤던 모습처럼만 준비해 오면 될 거 같네요. 수

고했어요."

채이주가 일어나지 않고 계속 양손에 들고 있는 대본만 쳐다
보자 한재철 PD가 웃으며 말했다.

"아, 참. 그거 쇼핑백에 넣어 가요."
"들고 가도 돼요."
"에이, 누가 봐요."
"네?"
"아직 한 명 더 남아 있잖아요. 아무리 채이주 씨가 합격했다
고 하더라도 예의상 여기까지 온 사람 오디션은 봐야죠. 그러니
까 채이주 씨도 나가면서 티 내지 말아요! 알았죠?"
"아! 네!"
"그럼 연락할 테니까 준비 잘해 주세요. 사전 리딩은 따로 없
을 거니까, 그럼 촬영장에서 만나죠."
"감사합니다!"
"작게 말해요. 다 들리겠어요."

채이주는 인사를 한 뒤 대본이 담긴 쇼핑백을 들고 나갔다.
그러자 심사를 보던 스태프들이 동시에 입을 열었다.

"미쳤는데요? 진짜 예쁘네요."
"원래 외모로 배우 했잖아요. 그런데 오늘 보니까 연기도 잘해
서 진짜 깜짝 놀랐어요."

"가뜩이나 강은수 때문에 여주 자리 누가 맡을지 관심 많은데 채이주 연기 보면 사람들 아주 그냥 놀라 자빠질 거 같아요."

스태프들의 말에 한재철 PD도 피식 웃으며 김정연 작가에게 말했다.

"진짜 괜찮죠? MfB에서 채이주 올렸을 때 미쳤나 싶었는데 오늘 보니까 예전에는 일부러 그렇게 연기했나 싶을 정도로 달라졌더라고요."
"마음에 들어요."
"그러실 줄 알았어요. 대사 자기 마음대로 해서 깜짝 놀랐는데 넘어가시는 거 보고."
"캐릭터를 제대로 분석했으니까요. 말도 안 되게 자기 마음대로 할 때만 뭐라 하는 거지 아무 때나 뭐라 하는 건 아니죠."
"알죠! 작가님이 지적하는 데는 다 이유가 있죠. 휴, 아무튼 진짜 다행입니다. 제대로 된 배우 구할 수 있어서. 그럼 오늘 MfB하고 얘기한 다음에 바로 기사 내면 되겠네요."

김정연 작가는 웃으며 고개를 끄덕거렸다. PD와 마찬가지로 채이주를 추천받았을 때 어이가 없었는데 오늘 채이주를 보고 나니 그런 생각을 했다는 것이 미안해질 정도의 연기를 보였다.

'MfB가 일을 참 잘하네.'

                    *   *   *

　멀티박스 주차장으로 나온 태진은 채이주만을 뚫어져라 쳐다
봤다. 오디션에 관한 얘기를 일절 꺼내지 않고 있었다. 표정은 분
명히 밝은데 저 밝은 표정이 잘 봐서 좋은 건지, 열심히 해서 후
련한 마음에 나오는 건지 알 수가 없었다. 그때, 함께 온 매니저
도 결과가 궁금한지 참지 못하고 질문을 했다.

　"열심히 하셨으니까 뭐, 잘되겠죠."

　채이주의 기분이 상하지 않도록 돌려 한 말이었다. 그 말을
들은 채이주는 환하게 웃으며 대답했다.

　"결과 나왔어요."
　"벌써요? 지금 봤는데?"
　"알려 주시더라고요."
　"아… 아이고. 그래도 정말 열심히 하셨잖아요. 그럼 된 거예
요. 지금 촬영하는 것도 있으니까 더 잘됐을 수도 있습니다."

　바로 결과를 알려 주는 경우는 보통 떨어진 경우였다. 그러다
보니 매니저는·오해를 하며 위로를 해 주었다.

　"차에 타서 말씀드릴게요. 태진 씨도 같이 가요. 아, 차 가져
오셨죠? 그럼 촬영장 가서 말씀드릴게요."

태진은 머쓱함에 볼을 긁적거렸다.

"저 이제 '라이브 액팅' 담당이 아니라서 촬영장은 못 갈 거 같습니다."
"네?"

방금 전까지만 하더라도 환하게 웃던 채이주가 인상을 찌푸리며 물었다.

"1팀에서 담당할 거 같아요."
"지원 팀이라면서요. 지원해 주면 되는 거잖아요."

태진도 그러고 싶었다. 하지만 팀이 결정이 된 순간 곽이정이 '라이브 액팅'은 1팀에서 담당한다고 알려 왔다. 4팀장인 스미스만이 태진에게 일을 맡겨 이곳에 온 것이었지, 이제 회사로 가는 순간 할 일이 없는 상태였다. 물론 라온의 일이 남아 있지만, 그것도 지속되는 일이 아니었다.

채이주는 말이 없는 태진의 모습을 보면서 약간 화를 내듯 말했다.

"왜요? 날 지원해 준다면서 내가 필요한 사람을 왜 빼요? 누가 그랬어요! 그 이상하게 웃는 그 사람?"
"이상하게요?"

"그 있잖아요. 맨날 와서 자기 자랑 안 하는 거처럼 하면서 자기 자랑 하는 사람. 1팀장!"

"아!"

태진은 왠지 모르게 속이 시원했다. 하지만 팀에 무슨 일이 있는지 자세한 얘기를 할 순 없었다.

"사람들이 너무하네. 지금 나 '신품별' 합격한 것도 태진 씨가 해 준 거고 라이브 액팅 뮤비나 음악들 전부 태진 씨가 한 건데 앞으로 태진 씨 빠지면 어떻게 해요! 기다려 봐요. 내가 책임지고 같이 하게 해 줄게요!"

채이주의 말을 가만히 듣고 있던 태진과 매니저는 미소를 짓다 말고 동시에 채이주를 쳐다봤다.

"이주 씨 합격했어요? 붙었다고요?"

"어……? 합격하셨어요?"

그 말에 채이주는 실수를 했다는 듯 아쉬워하며 말했다.

"아, 천천히 말하려고 했는데! 나 됐어요! 지금 여기 쇼핑백에 대본도 있고요."

"진짜요?"

"진짜죠! 앞으로도 많이 도움받아야 되는데! 난 어떻게 해요!"

"아, 정말 축하드려요. 잘됐네요."

자신이 추천한 배우가 역할을 맡게 됐다는 말에 태진은 자신의 일처럼 기뻤고, 엄청나게 뿌듯함이 밀려왔다.

"뭐예요! 지금 그 표정은! 막 입만 씰룩씰룩거리는데!"
"아! 기뻐서 그래요. 정말 축하드려요."
"아, 제대로 축하받고 싶었는데! 아무튼 기다려 봐요! 내가 해결할 테니까!"

그때, 옆에 있던 매니저가 의아한 표정으로 물었다.

"그런데 합격하신 거 맞죠? 회사에서 아무런 연락을 못 받았는데."
"그거 좀 이따 연락할 거예요. 지금 오디션 볼 사람 남아 있다고 조용히 가 달라고 그래서요."
"아! 윤다정이. 크크크. 아무튼 축하드려요! 그럼 맛있는 식사라도 해야 되는데 지금 바로 촬영장으로 가야 해요. 어쩌죠?"
"괜찮아요! 일단 가요! 태진 씨는 내가 바로 연락할게요!"

다음 스케줄이 있었기에 채이주는 자신만 믿으라는 표정으로 차에 올라탔다. 잠시 뒤, 차가 나가는 모습을 보던 태진은 배역을 따게 만들었다는 뿌듯함과 동시에 촬영장에 함께 가지 못하는 아쉬움이 들었다.

"후… 지금처럼 하나씩 해결하자!"

지금 해 온 것처럼 하나씩 해결하면서 능력을 보여 주다 보면 반드시 자신을 찾게 될 것이라고 생각하며 차에 올라탔다. 그리고 시동을 걸었을 때, 익숙한 번호로 전화가 걸려 왔다.

전화번호를 본 태진은 약간 머뭇거렸다. 전화가 걸려 온 곳은 다름 아닌 1팀이었다. 그나마 다행인 것은 곽이정이 아니라 1팀의 김국현이라는 점이었다.

"네, 선배님."

―선배님은 무슨 선배님에요. 팀장님이!

"아! 아니에요."

―크크크. 농담이에요. 이야, 어떻게 그런 결정을 했어요. 진짜 대단해요. 지금 팀장 막 신경질 내고 난리 났어요. 내가 여기 오고 나서 팀장이 그러는 건 처음 봤네.

"아, 저 때문에 죄송해요."

―나한테 뭐 죄송할 게 있나요. 다 자기가 알아서 마음에 드는 곳을 찾아가는 거지. 그리고 그만큼 태진 씨가 능력 좋다는 거잖아요. 그러니까 태진 씨 못 데리고 왔다고 아주 난리도 아니지.

태진은 자신을 뽑아 준 곽이정이나 그에게 시달리는 팀원들에게 미안하긴 했지만, 이미 한 결정에 후회는 없었다. 그보다

1팀에서 지원 요청을 할 때 최대한 열심히 해 주는 것이 나을 것이라 생각했다. 물론 당분간 곽이정이 일을 맡길 것 같진 않았지만.

─그동안 혼자 이 많은 걸 어떻게 했어요. 아주 신입이 할 일이 아니던데. 그래서 태진 씨 일 나눠 갖느라고 아주 난리도 아니었어요.

"전 시키는 것만 해서요."

─겸손하기는. 그래도 다행인 건 필 씨는 우리가 안 맡아도 된다는 거!

태진은 의아함에 고개를 갸웃거렸다. 로젠 필의 담당도 1팀이었기에 곽이정이 다른 팀에 맡길 리가 없었다. 그때, 김국현이 피식거리면서 말을 이었다.

─오늘 태진 씨 팀 정하느라고 이철준 씨가 대타로 갔거든요. 그런데 태진 씨가 우리 팀에 안 들어오니까 팀장이 아예 철준 씨한테 담당하라고 했어요. 그런데 필 씨가 아주 난리가 났다고 그러더라고요.

"그래요? 그러실 분이 아닌데……."

─신경질 내고 막 그랬다던데요. 당장 미국 돌아간다고 그러더라고요.

"뭐 때문에 그리시지."

─태진 씨 없다고요. 크크크. 팀장이 연락해 봤는데도 감당이

안 돼서 태진 씨한테 전화한 거예요.

김국현은 뭐가 그리 재밌는지 연신 큭큭거렸다. 그리고 태진
도 혹시 자신이 필요한 건 아닐까 하는 생각이 들었다.

—크크큭. 팀장 표정을 봤어야 하는데. 아주 그냥 좀생이 같
아서는. 태진 씨한테 일을 맡기긴 싫은데 필 씨는 태진 씨 데려
오라고 하니까 막 분해하더라고요. 아무튼 그래서 태진 씨 지금
ETV 스튜디오로 가 주셔야 할 거 같아요.

"네? 아! 네!"

어느 정도 예상을 했지만, 실제로 듣게 되니 가슴이 떨렸다.
마치 회사에 처음 들어왔을 때 같은 느낌이 또다시 들었다. 그
와 동시에 전에 했던 일을 이어서 할 수 있다는 것에 대한 기쁨
이 크게 다가왔다. 그때, 김국현이 또다시 말을 이었다.

—그리고 부탁이 있는데요.

"네, 말씀하세요."

—혹시 나중에 지원 팀 정식 부서 되면 나 좀 팀원으로 데려
가 주세요! 팀장님!

"네? 아, 네⋯⋯."

—약속했어요! 크크, 아무튼 고생하세요. 연락은 괜히 트집
잡힐 수 있으니까 팀장 말고 저한테 하세요. 그럼 잘 부탁드려
요!

통화를 마친 태진은 바로 출발하지 않고 운전대를 두드렸다. 김국현의 말을 듣고 나자 미래가 그려지기 시작했다. 임시로 만들어진 지원 팀이 정식 부서로 인정을 받는다면 팀원이 필요하게 될 것이었다. 그렇다면 자신과 함께 일하게 될 사람을 직접 골라야 할 수도 있었다. 물론 가장 먼저 생각이 든 사람은 있었다.

안 그래도 궁금하던 것도 있었던 참이었기에 태진은 곧바로 전화를 걸었다.

"안녕하세요."

―이게 누구야! 그동안 연락 한 번도 없던 태진 씨잖아!

"하하하."

그동안 연락을 못 해 약간 걱정했는데 친하다고 느껴서 그런지 몰라도 수잔의 목소리는 평소처럼 친근하게 느껴졌다. 그렇다고 아직 정해지지도 않은 얘기를 할 순 없었기에 수잔의 의향을 확인하기 위해 질문을 던졌다.

―어쩐 일이에요? 채이주 씨 담당 팀장님이 직접 하는데.

"아, 그건 아니고요. 아까 이상한 얘기를 들어서요."

―무슨 얘기요?

"1팀장님이 수잔 씨 데려가려고 했다는 얘기를 들었어요."

―아! 그 얘기. 그 얘기를 어디서 들었대. 인사이동 비밀인데!

어디서 나에 대한 정보가 노출이 된 거야!

"하하하. 그냥 우연하게 들었어요."

—그거 없던 일로 했어요. 고민이 되긴 했는데 안 가기로 했어요.

태진은 약간 긴장된 채로 질문을 했다.

"혹시 저 때문이세요?"

—태진 씨요? 태진 씨가 왜? 뭐야! 왕자병이야?

"아! 그건 아니고요. 혹시나 해서요."

—푸흡. 이제는 농담도 하네.

만약에 자신 때문에 1팀에 가지 않았다면 나중에 팀원으로 와 달라고 할 때 와 줄 수도 있을 것 같아 물어본 질문이었다. 그런데 수잔은 진심으로 한 말을 농담처럼 듣고 있었다.

—그냥 우리 팀에서 하던 일도 있고요. 1팀에 가서 할 일이 연극배우 섭외라고 하는데 내가 뭐 유명했던 것도 아니고 연기 못해서 여기로 빠졌는데 좀 그렇잖아요. 그리고 연극배우들 섭외하는 건 4팀에서도 종종 하는 일이니까요. 그리고 1팀은 너무 바빠요. 야근도 많고.

"아, 그렇구나."

참 숨김 없는 사람이었다. 그러고 보니 예전에 수잔과 이정훈을 찾아다닐 당시 그녀의 모습이 떠올랐다. 그때나 지금이나 항상 진심으로 사람을 대하는 모습이었다. 이정훈과의 첫 만남 때만 하더라도 속이기 싫다며 신분을 밝혔었다. 그러다 보니 팀에 와 달라는 말을 하기가 약간 겁이 났다. 안 좋은 대답도 그대로 뱉을 것 같았다.

―그거 때문에 연락했어요?

"그것도 궁금하고요. 수잔은 다른 팀으로 가게 된다면 어떤 팀에 가고 싶어요?"

―갑자기요? 음.

잠시 고민하던 수잔이 입을 열었다.

―무슨 일 있어요? 팀 선택 안 하고 혼자 지원 팀 만들었다는 얘기는 들었는데.

"아니요. 일은 없는데 그냥 궁금해서요."

―그래요? 난 뭐 내 능력 발휘하면서 돈도 많이 벌 수 있는 곳? 우리 회사가 인센티브는 없어도 그나마 팀별 보너스를 주니까 기왕이면 능력 좋은 팀원이 있는 곳이 좋겠죠? 속물 같죠? 그래도 애 키우다 보면 어쩔 수 없어요. 좀 있으면 이사 가야 되는데 전셋값 마련해야 되지, 하나밖에 없는 딸 다는 못 해 줘도 남이 해 주는 만큼이라도 해 주려면 열심히 벌어야 돼요!

"아… 그렇구나."

태진은 어떻게 해야 되는지 알 것 같았다. 친분으로 수잔과 함께하자고 하는 것은 무책임했다. 지금 당장 수잔에게 물어보는 것보다는 사람들에게 인정받는 것이 우선이었다. 그 후에 수잔의 의견을 묻는 것이 순서였다. 생각이 정리되고 목표가 생기자 의욕이 생겼다. 태진은 참 스스로가 너무 안일했다는 생각에 웃음을 뱉고는 다시 입을 열었다. 일단 한 가지 인정받을 일은 있었다.

"아, 그리고 멀티박스에서 연락 갈 거예요."
—어? 무슨 연락이요? 지금 오디션 봤을 시간인데?
"오디션 합격하셨대요."
—어? 진짜요? 에이! 거짓말! 자꾸 장난 칠래요? 지금 오디션 봤는데!
"곧 연락 갈 거예요."

그때, 전화 너머로 갑자기 어수선한 소리가 들려왔다.

—매니저 팀에서 연락왔는데 채이주 붙었단다!

그와 동시에 수잔이 놀란 목소리로 입을 열었다.

—진짜 붙었어요?
"네, 진짜 붙으셨대요."
—대박… 난 그래도 설마설마했는데… 진짜 붙었어! 대박! 꺄

아악! 이거 우리 팀에서 지금까지 했던 일 중에 가장 큰일인 거 알아요?

"진짜요?"

―그럼요! 우리 회사에 하나밖에 없는 배우를 주연으로 넣은 거잖아요!

한국 MfB가 생긴 지 얼마 안 됐기에 이렇다 할 성과를 보이지 못한 상태였다. 그러던 중 MfB에 처음으로 소속된 배우를 유명한 스타 작가의 작품에 주연으로 추천했고, 당당하게 성과를 낸 것은 큰일이었다. 채이주는 물론이고 MfB의 명성까지 올라가는 일이었다.

―대박이야! 정말 신이 있나 봐요!

"신이요?"

―그게 아니고는 설명이 안 되잖아요! 나 정말 태진 씨가 채이주 추천했을 때 당황했거든요? 내가 원래 공과 사는 철저한 사람이라서 나한테 왜 그러나 싶었는데! 그런데 연기 보니까 또 너무 잘해! 그래도 편견이란 게 있어서 다들 엄청나게 고민했어요. 그런데 또 다른 배우들 스케줄이 안 된대! 그래서 우리가 채이주를 찌른 거예요! 완전 대박 아니에요?

"다른 배우들 누구요?"

―많죠. 윤다정도 있었고 이하니도 있었고. 많았어요. 그런데 아무래도 대타로 들어가다 보니까 스케줄 핑계 대면서 거절했거든요!

"그분들 오늘 오디션 보러 오셨었어요."

—어? 진짜요? 어? 그럼 안 되는데?

"뭐가요?"

—와! 당했다! 아니, 이런 개똥 같은 경우를! 오디션 보러 가면 우리한테 먼저 연락을 해야지! 우리가 담당인데! 상도덕도 없네! 이건 그냥 넘어가면 안 돼!

갑자기 화를 내던 수잔이 갑자기 말을 멈췄다. 그러고는 갑자기 조용하게 입을 열었다.

—그런데 말이에요······.

"네."

—그 배우들을 제치고 채이주 씨가 된 거예요?

"네, 그럼요."

—무슨 수로?

"배우니까 연기로 하셨죠. 그래서 제가 추천한 거고요."

—헐··· 네? 네! 태진 씨 나 불러서 이만 가야 돼요. 이따가 전화할게요! 아! 그리고 고마워요!

"아니에요."

—아니기는! 태진 씨 덕분에 우리 보너스야!

갑자기 회의를 하는 모양인지 수잔은 급하게 전화를 끊었고, 통화를 마친 태진은 웃으며 시동을 걸었다.

　　　　　　*　　　　　*　　　　　*

　촬영장에 있는 MfB 캐스팅 에이전트 1팀은 난감한 표정으로
한 곳만 쳐다봤다.

　"철준 씨, 어떻게 해요?"

　"저도 모르죠! 이거 진짜 미치겠네."

　"그래도 너무하네. 촬영 당일에 얼굴 공개하면서 소개하기로
했는데 어? 갑자기 안 하겠다고 하는 게 어딨어요. 지금 촬영장
스태프들도 전부 우리 아주 개똥으로 보는데!"

　로젠 필의 분량이 있다 보니 스태프들도 조바심이 난 상태였
다. 물론 스튜디오 촬영장에서 소개를 하지 않아도 영상을 내보
낼 순 있지만, 효과가 더 큰 건 촬영장에서도 얼굴을 보이는 것
이었다. MfB에게도 도움이 되는 동시에 '라이브 액팅'에도 엄청
난 도움이 되는 일이었다.

　"도대체 왜 그러지?"

　"우리가 약속 어겼다고 그러네요."

　"우리가 무슨 약속을 어겨요?"

　"한태진이가 담당인데 담당 저로 바꿨다고 저래요."

　"어이가 없네. 아니, 그런데 한태진은 뭐가 잘났다고 팀도 선
택 안 하고 그랬대요."

　"모르죠. 일단 팀장님한테 보고했으니까 어떻게든 해 주시겠죠."

"참 너무하네. 쟤들은 뭔 잘못을 했다고."

1팀의 이철준은 헛웃음을 뱉으며 고개를 저었다.

"꼭 그렇진 않아요. 참가자들은 챙기니까. 앞으로 계속 할지 안 할지는 모르지만 지금은 잘 챙기잖아요."
"어우, 진짜."

그때, '라이브 액팅'의 스태프가 들어왔다. 그러고는 약간 화가 난 표정으로 입을 열었다.

"아직도 안 되셨어요?"
"조금만 더 기다려 주세요. 설득 중입니다."
"아, 진짜 곤란해요. 다른 팀 다 리허설 끝났는데 MfB만 아무것도 안 되고 있잖아요. 저희가 채이주 씨 편의도 봐 드렸는데 이러시면 곤란하죠."
"죄송합니다."
"죄송하다는 말을 듣고 싶은 게 아니라 확실히 결정해 주세요. 어떻게 빼요?"
"조금만 기다려 주세요. 이제 연락 올 겁니다."
"아… 진짜 저한테 왜 그러세요. 저도 지금 엄청 깨지고 있단 말이에요."

지금 할 수 있는 건 사과를 하며 시간을 끄는 방법밖에 없었다. 그때, 갑자기 대기실 문이 열리면서 누군가가 들어왔다.

"한태진 씨!"

이철준은 자신도 모르게 너무나도 반가운 목소리로 태진을 불렀다.

제2장

—

뮤직비디오

ETV에 도착한 태진은 약간 걱정이 되었다. 팀을 선택하지 않았다는 이유로 TV에서나 보던 왕따를 당하게 될지도 몰랐다. 각각의 팀을 경험하면서 느낀 점은 직위가 수평적이라고는 하나 팀 간의 교류는 거의 없었다. 그러다 보니 이제는 다른 팀인 자신을 배제할 수도 있다는 생각에 걱정을 하며 들어섰다. 그런데 자신을 엄청 반갑게 부르는 목소리가 들렸다. 그것도 별로 친분도 없는 사람이었다.

"안녕하세요."
"아, 다행이다. 담당하러 온 거 맞죠?"
"네? 아, 네. 맞아요."

이철준은 가슴을 쓸어내리는 것도 잠시 급한 일이 떠올랐는지 급하게 입을 열었다.

"지금 리허설해야 되니까 빨리 필 씨 좀 데려가 봐요."

이철준이 가리키는 곳을 보니 참가자들과 필이 보였다. ETV 스튜디오에 오기 전 김국현에게 어떤 상황인지 듣긴 했지만 자세히는 몰랐다. 태진은 일단 인사를 하기 위해 필에게 다가갔다.

"안녕하세요."

태진의 인사에 필이 고개를 돌렸다. 그러고는 태진을 가만히 쳐다보더니 질문을 했다.

"이제 내 담당 맞아요?"
"아, 네. 맞아요."
"또 바뀌고 그러는 거 아니죠?"
"그럴 거 같아요."
"오케이, 갑시다."

말 몇 마디 나누지도 않았건만 뭔가 해결이 되었다. 태진은 고개를 돌려 1팀원들이 있는 곳을 보자 다들 어이가 없다는 표정으로 필을 쳐다보고 있었다.

"가죠."

필은 간단한 동선 체크를 하기 위해 대기실 밖으로 나갔고, 태진은 그런 필의 뒤로 따라붙었다. 태진은 혹시 필이 자신을 도와주려는 건가 싶은 마음에 조심히 물었다.

"혹시 저 때문에 그러셨어요?"
"내가 왜요?"
"저한테 잘해 주셔서요."
"못해 줄 이유는 없으니까 그런 거죠? 난 단지 내 요구를 들어 달라고 한 것뿐이죠. 한국에 올 때 일하는 환경을 내가 원하는 대로 만들겠다고 했고, 조셉은 그렇게 해 주겠다고 약속했고요. 내 환경에 태진이 필요한 거죠. 자기들 기 싸움 때문에 이런 것 도 안 들어주면 앞으로도 내가 마음대로 할 수가 없어지겠죠?"
"아……."
"나도 내 나름대로 기 싸움을 한 거예요. 물론 저들에게 내가 필요하니까 할 수 있는 거지만, 그래도 들어주잖아요?"

필은 피식 웃으며 걸음을 옮겼다. 그리고 도착한 스튜디오에 는 아까 봤던 채이주가 심사 위원석에 자리한 모습이 보였다. 아 마 늦게 도착해 리허설을 한 모양이었다. 태진은 반가운 마음에 인사를 하려 했지만, 채이주는 통화를 하느라 태진과 필을 보지 못한 모양이었다.

"동선은 1팀의 뮤직비디오가 나오기 전에 연습하는 영상이 있을 거예요. 거기서 로젠 필 씨가 미소 짓는 모습으로 끝나면 저희가 신호를 드릴 거예요. 그럼 스크린이 열릴 텐데 그때 나가시면 돼요. 저기 앞에 X자 테이프 붙여져 있는 곳 위치 기억하시고요. 여기서 저희한테 미리 보내 주신 인사 하시면 됩니다."

태진은 라이브 액팅 스태프의 말을 필에게 전해 주었고 필은 문제없다며 손가락으로 동그라미를 만들었다. 그리고 스태프의 말이 이어졌다.

"그리고 이제 저 따라오세요. 이제 오른쪽 계단으로 올라가셔서 채이주 씨 왼쪽에 앉으시면 돼요."

태진은 설명을 해 준 뒤 계단을 따라 올라갔다. 점점 채이주와 가까워졌고, 그녀의 표정이 자세히 보였다. 보는 사람이 있어서인지 화를 억누르고 있는 듯했지만 그래도 티가 나는 채로 누군가와 통화를 하고 있었다.

"아니, 필요하다니까요. 실장님이 직접 요청해 주시면 되잖아요. 왜 계속 같은 말을 반복하게 해요. 지금 라이브 액팅도, 신품별도 다 한태진 씨가 필요하다고요."

자신의 얘기를 하는 줄 몰랐던 태진은 순간 흠칫 놀랐다. 아까 자신이 해결한다고 한 말을 듣긴 했지만, 저렇게 대놓고 말을 할 줄은 몰랐다. 이제는 이곳에 자리하게 됐으니 저럴 필요까지는 없었기에 태진은 서둘러 채이주를 불렀다.

"이주 씨!"
"아니, 왜 그것도… 어? 끊어요."

채이주는 이게 무슨 상황인지 모르겠다는 얼굴로 태진을 봤다.

"뭐예요? 합류한 거예요?"
"네. 그렇게 됐어요."
"완전 잘됐다! 아, 이제 마음이 좀 편안해진다!"

방금 전까지만 하더라도 화를 내던 채이주가 태진을 보며 환하게 웃었다. 마음이 편안해지자 그제야 필을 봤는지 그에게도 인사를 했다.

"아! 오셨어요! 기다리고 있었어요. 제 옆에 앉으시면 돼요!"

채이주는 환하게 웃으며 태진을 봤고, 태진은 필에게 자리를 안내했다. 그러고는 두 사람이 모니터를 확인하는 모습을 뒤에서 지켜봤다. 그 모습을 가만히 보고 있자 기분이 묘했다. 둘 다 이름이 알려진 유명한 사람들이었다. 그런 사람들이 다른 회사 직원들보다 자신을 필요로 하고 있다는 것이 고맙기도 했고 인정받는 느낌마저 들고 있었다. 그리고 그것이 끝이 아니었다. 필이 웃으며 태진을 쳐다봤다.

*　　　　*　　　　*

곽이정은 하루 종일 뒤통수 맞은 기분을 느끼는 중이었다. 태진이 1팀에 올 거라고 확신했는데 전혀 예상하지 못한 결과가 벌어졌다. 태진을 뽑아 준 것도 자신이었고, 인맥을 동원해 1팀으로 오게 할 이유를 만들기까지 했다. 게다가 자신이 태진을 믿고 있다는 것을 보여 주려고 신입에게는 시키지 않는 여러 가지 일도 맡겼다. 거기다 태진이 편하게 일을 할 수 있을 거라고 느끼게 만들기 위해 태진의 의견도 적극적으로 받아들였다. 물론 태진의 의견이 좋았기에 동의한 것이지만, 신입에게 이랬던 적은 드물었다. 그럼에도 태진은 다른 선택을 했다. 다른 팀으로 간 것도 아니고 아예 지원 팀이란 이상한 팀을 만들어 버렸다.

어이가 없기는 했지만, 사실 이때까지만 하더라도 곧 태진이 자신의 선택을 후회할 것이라고 생각했다. 그렇게 만들 자신도 있었다. 이를 위해 가장 먼저 선택한 것은 '라이브 액팅'에서의 배제였다. 결말로 향해 가고 있고, 곧 결과가 나올 일에서 중간에 하차하게 되면 상실감을 느끼게 될 것이었다. 그런데 시작부터 일이 꼬였다.

필이 갑자기 태진을 데려오라고 고집을 부렸다. 사실 태진의 능력을 높게 보긴 했지만, 아직 신입이다 보니 현장만큼은 경험이 많은 다른 직원과 차이가 있을 거라고 생각했다. 하지만 필과 언제 그런 유대 관계를 만들었는지 필이 좀처럼 고집을 굽히지 않았다.

일이 이렇게 되면 잃는 게 생각보다 많았다. 필을 섭외하기 위해 들어간 비용은 둘째 치고 그동안 촬영했던 영상이 문제였다. 영상만이 아니라 스튜디오에 직접 필이 등장해서 제대로 된 평가를 내놓는다면 사람들의 관심을 끌고 올 수 있었다. 그럼 자연스럽게 필에게 연기를 배운 참가자들에게도 관심이 갈 것이었다. 오디션에 있어서 사람들의 관심만큼 유리한 조건은 없었다. 그러고 나면 높이 올라간 참가자들을 1팀에서 캐스팅해 MfB로 데려올 수 있는 그림이 완성되는 것이었다. 태진을 고립시키려다가 졸지에 1팀이 피해를 보게 될 것 같은 상황이었다. 곽이정도 달리 선택지가 없었기에 태진에게 스튜디오로 가라고 한 것이었다.

"팀장님, 한태진 씨 도착했답니다."
"그래."
"저희도 이제 가야 할 것 같은데……."
"가야지."

그때, 매니저 팀 실장이 1팀으로 들어왔다. 매니저 실장이 사무실까지 올 일이 없었기에 곽이정은 의아한 표정으로 그를 쳐다봤다. 그런데 실장이 들어오자마자 별로 듣고 싶지 않은 이름을 말했다.

"팀장님, 저… 이런 부탁하는 게 예의가 아닌 건 아는데 그래도 꼭 필요해서요."
"어떤 부탁이신지요?"

"1팀에 한태진 씨 있죠? 그분 라이브 액팅 촬영장으로 좀 보내주시면 안 될까요?"

"한태진 씨요?"

"네, 팀장님이 인원 배치 결정하신 거 같은데 그걸 제가 뭐라 할 수 없는 건 압니다. 그래서 안 된다고 했는데 채이주 씨가 한태진 씨가 꼭 필요하다고 고집을 부려서요."

아직 매니저 팀에서는 태진이 다른 팀으로 간 것을 모르는 모양이었다. 이미 태진이 스튜디오로 가 있긴 하지만 그것도 모르는 눈치였다. 곽이정은 태진의 이름이 또 들려오자 기분이 좋지 않았다.

"그건 제가 알아서 할 문제인 거 같은데요."

"알죠. 그러니까 이렇게 부탁을 드리는 겁니다. 라이브 액팅만 아니라 신품별 촬영 때도 도와 달라고 해서 저희도 난감합니다. 매니저도 아니고 다른 부서한테 그런 부탁을 하는 게 말이 안 되는 건데… 그래서 영향력 있는 팀장님한테 부탁드리는 겁니다."

"신품별이라니요?"

사정을 하던 매니저 실장이 환하게 웃었다.

"이번에 채이주 씨가 신을 품은 별 여주인공 맡게 됐습니다."

"누가요?"

"저희 채이주 씨요!"

곽이정은 어이가 없었다. 채이주가 오디션을 보러 간다는 건 알고 있었지만, 이미 결과를 예상하고 있었다. 게다가 다른 팀의 일이었기에 신경을 끄고 있었는데 또 예상과 다른 결과가 들려 왔다.

"그거 한태진 씨가 캐스팅 4팀에 추천했다던데요. 팀장님이 지시하셨죠?"

"한태진이… 네, 뭐."

"아주 그냥! 난리도 아닙니다. 이제 멀티박스랑 계약하면 기사 나오고 할 겁니다."

곽이정은 자신도 모르게 헛웃음을 뱉었다. 태진을 놓친 분함과 아쉬움을 느낄 새도 없었다. 손을 대는 것마다 큼지막한 일을 빵빵 터뜨리고 있었다. 게다가 아직 라온의 일도 남아 있었다. 그러다 보니 더 욕심이 생겼다. 하지만 지금 상황을 보면 데려오기는커녕 자신이 지원을 해 주게 생겨 버렸다. 그것도 지원팀이 만들어지자마자 바로.

"한태진 씨… 이미 가 있습니다."

"아! 그랬군요! 역시, 곽이정 팀장님이세요. 어우, 마음 졸인 거 생각하면 진짜. 감사합니다. 언제 밥 한번 사겠습니다."

"네, 알겠습니다. 저희 회의할 게 있어서."

"아! 네네, 그럼 이만 가 볼게요."

매니저 실장이 가자 곽이정은 연신 헛웃음을 뱉어 댔다. 그러던 곽이정이 직원들을 쳐다보며 입을 열었다.

"우리도 갈 준비 하고… 한태진… 한테 연락해서 필요한 거 물어보세요……."

＊　　　＊　　　＊

촬영이 시작되었고, 그사이 MfB 1팀이 도착해 대기실에 자리를 잡았다. 원래라면 태진도 1팀과 같이 있었어야 했지만, 필의 요구로 지금은 스튜디오에 있게 되었다. 태진도 당장은 스튜디오에 있는 것이 더 편했다.

태진은 카메라 뒤쪽에 자리해 심사 위원들을 쳐다봤다. 배우들답게 여유로운 척하고 있었지만, 중간중간 채이주 쪽을 힐끔거리는 모습들이 눈에 들어왔다. 채이주가 '신을 품은 별'의 주연이 된 것은 아직 알려지지 않았으니 아마도 로젠 필에 대해 알고 있는 모양이었다.

각각의 소속사에서 심사 위원 말고 도움을 주는 사람들이 있긴 했지만, 다들 로젠 필의 이름에는 미치지 못했다. 도움을 주러 나온 사람들은 비밀에 부쳐져 있었지만, 로젠 필이 MfB에 합류했다는 걸 전부 알고 있는 눈치였다. 그러다 보니 심사 위원들은 신경이 쓰이는지 채이주 쪽을 계속 힐끔거렸다. 그리고 각 팀의 연습하는 영상이 나오기 시작했다.

첫 번째는 숲 엔터테인먼트 팀의 순서였다. 숲에서 어떤 사람을 도우미로 썼는지 정보가 없었기에 태진은 가만히 영상을 지켜봤다. 과연 누가 저들을 지도했고, 참가자들의 연기가 어떻게 변했는지 궁금했다. 그때, 참가자들의 뮤직비디오를 찍기 위한 연습 영상이 나왔다. 가장 먼저 눈에 들어 온 건 예전에 곽이정이 얼굴 천재라고 했던 권단우였다.

'다시 봐도 잘생기긴 했구나.'

잘생기긴 했지만 딱 거기까지였다. 연기도 전과 비슷한 수준이었기에 아무리 봐도 모델이라면 모를까, 배우를 하기에는 부족해 보였다. 오히려 다른 참가자들에게까지 피해를 주는 것처럼 느껴졌다.

숲에서 준비한 두 개의 뮤직비디오는 MfB에서 준비한 것과 크게 다르지 않았다. 한 팀은 발라드곡이고 한 팀은 댄스곡이었다. 하지만 선곡은 달랐다. MfB에서는 알려지지 않은 'Solo'를 택한 반면 숲에서는 누구라도 알 만한 굉장히 유명한 곡을 골랐다. 그런 곡에 어떤 연기를 준비했는지 지켜볼 때, 도우미로 보이는 사람의 뒷모습이 나타났다. 그 모습을 본 태진은 누구인지 단번에 알아차렸다.

"와⋯⋯."

숲 엔터테인먼트의 연기 지도자는 다름 아닌 원로 배우 이창일이었다. 예전에 참가자들을 조사할 때 채이주가 가져온 영상을 태진이 이창일 배우의 흉내를 내며 평가해 준 적이 있었다. 완벽히 따라 할 수 없어 그저 말투만 흉내 내는 게 고작이었다. 그런데도 이창일 배우의 말투가 사람들의 머릿속에 박혀 있어서인지 다들 이창일 배우를 떠올리며 놀라워했다. 그만큼 그를 모르는 사람이 없을 정도로 유명한 배우였다.

태진은 호흡조차 따라 할 엄두가 나지 않았던 이창일 배우의 모습을 뚫어져라 쳐다봤다.

'와… 다들 엄청 힘썼구나.'

화면 속 이창일 배우가 참가자들에게 조언을 해 주는 모습은 외모처럼 인자했다. 자신이 쌓은 경험을 바탕으로 참가자들에게 좀 더 나은 방향을 제시했고, 시범까지 보여 주었다. 다만 문제가 조금 있어 보였다. 태진은 고개를 돌려 심사 위원석에 있는 숲 소속의 배우를 봤다. 잠시 뒤, 영상이 끝나며 사회자가 이창일 배우를 소개했다. 심사 위원들과 관객들이 박수를 치며 기다렸다.

태진도 필과 함께 리허설을 했기에 그가 무대 뒤에서 나올 거라고 생각하며 스크린을 쳐다봤다. 그런데 스크린에 움직임이 없었다. 대신 화면이 나오기 시작했고, 그 안에 객석이 보였다. 백신이 풀렸다고는 하나 코로나로 인해 뜨문뜨문 채워진 관객석이 보였다. 그리고 그중 한 사람에게 클로즈업이 되었다. 중절모를 쓴 사람이었고, 그 사람이 모자를 살며시 벗었다.

'와……'

바로 이창일이었다. 관객들은 환호하며 이창일을 반겼고, 심사 위원들은 자리에서 일어나 이창일을 맞이했다. 이렇게까지 등장하자 이창일에게 더 관심이 끌렸다. 이창일은 인자한 미소로 관객들에게 인사를 하며 심사 위원석으로 이동했다. 그러고는 후배 배우들에게 인사를 마치고선 자리에 앉았다. 그러자 사회자가 잠시 이창일을 좀 더 소개하고선 어떤 심사를 볼지 질문을 했다.

"사실 누구를 평가하는 이런 자리를 좋아하진 않아요. 자신이 느낀 대로 연기를 하는 건데 그게 잘못됐다 잘됐다 판가름하는 게 힘들더라고요. 같은 사물을 보고 다른 감정을 느낄 수 있는 게 사람이니까요. 그래서 전 연기보다는 연기를 대하는 자세나 노력을 볼 예정입니다."

그렇지만 오히려 연기보다 참가자들의 의지를 보는 게 더 힘들 것 같았다. 영상을 보면 연기를 판단할 수 있었지만, 거기에 노력이 나오진 않았다. 아마 참가자들을 편안하게 해 주고 앞으로 더 노력하라는 의미를 담은 것처럼 느껴졌다.

그렇게 이창일의 소개가 끝나고 두 번째 지도자가 소개됐다. 이번에도 배우였고, 이창일의 경력에는 미치지 못하지만, 영화계에서 엄청나게 많은 작품에 출연한 조연 배우였다. 전부가 흥행작은 아니었지만, 출연한 영화의 관객 수만 따져도 1억 명이 넘어가는 그런 배우였다. 그만큼 대중들에게는 굉장히 친숙한 얼굴이었다.

잠시 뒤, 드디어 MfB의 영상이 나오기 시작했다. 연습하는 모습을 바로 옆에서 지켜봤었는데도 영상으로 보는 건 느낌이 또 달랐다. 사람들이 잘 봐 줬으면 하는 바람 때문에 약간 초조하기도 했지만, 여기까지 올라온 모습 때문인지 묘하게 뿌듯한 느낌도 들었다. 그리고 그때, 필이 등장했다.

'와! 편집이 이런 거구나!'

필을 처음부터 봐 왔던 태진마저도 놀랄 정도로 멋있었다. 말이 엄청 많지는 않지만, 그래도 적은 편은 아닌데 화면에서의 필은 과묵해도 너무 과묵했다. 그래서인지 실제로는 작은 키에 통통해서 귀여운 느낌과 달리 화면에서는 카리스마 있게 보였다.

원래는 엄청 긴 설명을 하면서 연기를 지도하는데 화면에는 한 번 보고 잘못된 부분을 바로 지적하는 모습으로 바꾸어 놓았다. 그러니 필의 능력이 더 대단하게 보였다. 실제로도 대단하긴 했지만, 저런 지적을 하기보다는 배우들이 자기만의 환경을 만들 수 있도록 도와주는 경향이 더 컸다. 하지만 그런 것들은 나오지 않았기에 방송을 본 사람들은 필을 보며 역시 유명한 지도자는 다르다고 생각할 것이었다.

다른 팀이면 모를까, 같은 팀인 이상 나쁜 편집은 아니었다. 다만 제작진에서 의도한 건지 다른 팀들처럼 심사 위원인 채이주의 존재감이 너무 없었다.

잠시 뒤, 영상이 끝나자 사회자가 필을 소개했다. 그러자 무대에 있던 스크린이 좌우로 갈라졌고, 필이 미소를 지으며 무대로 나왔다. 그리고 다른 배우들과 달리 무대에서 인사를 했다.

"우리 MfB 팀에 속한 참가자들이 원하는 곳까지 올라갈 수 있도록 최선을 다하겠습니다. 지금까지 한 것처럼 하면 가능할 거라고 봅니다."

짧은 인사말이었지만, 반응은 굉장했다. 문화에서 오는 다름 인지 아니면 필의 성격인지 지금까지 도우미로 나온 배우들과는 다른 인사였다. 지금까지 나온 배우들은 모든 참가자들을 응원한다는 인사였는데 필은 오로지 자신이 속한 MfB만을 위하겠다는 인사였다. 마치 전쟁 선포를 하는 그런 느낌이었다.

태진이 혹시나 싶어 고개를 돌려 보니 심사 위원들의 표정이 좋지 않았다. 웃고는 있지만, 약간 분해하는 느낌이었다. 그래도 이번 미션이 각자의 팀에서 탈락자를 결정하는 것이다 보니 긴장하는 것처럼 보이진 않았다. 그저 채이주만 재미있다는 듯 웃고 있었다. 아마 1팀에서 보고를 받고 있는 모양이었다.

'1팀에선 뭐라고 하고 있을까.'

그사이 인사를 마친 필이 무대에서 내려왔고, 태진은 서둘러 필에게 다가갔다. 촬영 중이었기에 인사를 하려고 간 것이 아니었다. 리허설 당시 채이주와 필에게 인정을 받아 좋아하고 있을 때 필이 갑자기 자신을 이상하게 쳐다봤다. 그러고는 자신에게 통역을 해 달라고 부탁했다. 제작진에서도 미리 준비한 통역사가 있었지만, 필이 오전 내내 고집을 부려서인지 별말 없이 수락했다. 그래서 태진도 통역사로서 필과 채이주와 함께하게 되었다. 물론 같은 자리가 아닌 뒤쪽에 자리했지만.

필과 함께 심사 위원석에 도착한 태진은 마이크까지 착용하고 아까 안내받았던 자리에 빠르게 앉았다. 평소에는 카메라에 나오지 않고 필이 말을 할 때만 앞으로 나올 수 있는 자리였다. 물론 TV에 안 나올 확률이 더 컸지만 수많은 카메라가 보이자 약간 긴장이 되었다. 더군다나 앞에는 유명한 배우들까지 있었다. 그래서 평소와 같은 자세로 앉아 있는데도 몸이 굳는 느낌마저 들었다.

태진이 경직된 자세로 화면을 지켜볼 때, 채이주가 뒤를 살짝 돌아보며 웃더니 조용하게 손을 내밀었다.

"이거 차야죠."
"아! 네."

1팀과 연결이 된 인이어였다. 인이어를 꽂자 곧바로 1팀의 목소리가 들려왔다. 오전에 들었던 익숙한 목소리였다.

—한태진 씨.
"네, 팀장님!"
—음… 후, 잘 부탁합니다…….

말하기 싫은 걸 억지로 말하는 느낌이 들었다. 갑자기 저렇게 말을 하는 이유가 수상쩍긴 했지만. 태진이 놀라기에는 충분했다.

"열심히 하겠습니다."
—이상하다 싶은 내용 있으면 우리한테 먼저 알려 주세요.
"네."

오전에 있던 일은 일절 언급도 하지 않고 있었다. 아마 지금은 일만 하자는 것처럼 느껴졌기에 태진도 오히려 마음이 편했다. 그사이 다른 팀들의 소개가 이어졌다.

*　　　　*　　　　*

잠시 뒤. 본격적으로 참가자들의 영상이 나오기 시작했다. 이번에도 숲 엔터부터 시작되었다. 참가자들의 연기는 크게 달라지지 않았다. 물론 완성된 뮤직비디오에서 어떻게 나올진 알 수 없었지만 지금 보이는 것으로는 MfB 참가자들이 더 나은 듯 보였다.

'후……'

다만 걱정이 조금 생겼다. 태진은 천천히 고개를 돌려 숲 엔터의 자리를 봤다. 자리 위치 때문에 뒤통수밖에 보이진 않았지만, 원래 심사 위원인 강찬중의 뒷모습이 짠하게 느껴졌다. 강찬중 역시 유명한 배우였다. 하지만 화면에 이창일 배우와 함께 등장할 때마다 존재감이 사라져 버렸다. 화면에 드문드문 나오고 있지만, 나와도 그만, 안 나와도 그만인 것처럼 느껴졌다.

'혹시 이주 씨도 저렇게 되는 거 아닌가…….'

아마 방송을 보는 사람들도 비슷하게 느낄 것 같았다. 그리고 MfB의 상황도 크게 다르지 않았다. 알려진 이름만큼은 필이 이창일 배우보다 못하지 않았다. 오히려 명성만큼은 더 높게 알려져 있다 보니 걱정이 됐다.

그리고 연습하던 영상이 끝나고 참가자들이 무대에 올라와 인사를 하고는 앞에 마련된 장소에 자리를 잡았다. 그리고 뮤직비디오가 시작되었다. 첫 번째는 유명한 발라드였다. 발라드의 전형적인 소재인 이별에 관한 얘기로 이야기를 풀어 나갔다. 태진은 화면을 뚫어져라 쳐다봤다. 다름 아닌 얼굴 천재 권단우 때문이었다. 연습하는 영상만 하더라도 가장 떨어져 보였는데 뮤직비디오로 보니 완전히 달랐다.

'대사가 없어서 그런가. 분위기가 장난이 아니네.'

별다른 연기를 하는 것도 아니었다. 그저 상대방 연인에게 짜증을 내고, 자신을 붙잡는 팔을 뿌리치는 연기들이 전부였다. 딱히 잘한다는 느낌은 아니었음에도 권단우만 눈에 들어왔다. 뮤직비디오만 놓고 보면 떨어뜨릴 수 없어 보였다. 그사이 뮤직비디오가 끝이 났다.

그리고 심사 위원들의 간단한 평이 이뤄진 뒤 탈락자를 정하는 순서를 가졌다. 숲 엔터의 탈락자를 결정하는 건 다름 아닌 다른 소속사들이 해야 할 일이었기에 각 소속사에서는 자신들끼리 의견을 나누고 있었다. 태진의 귀에도 곽이정의 목소리가 계속 들리는 중이었다.

—우리는 권단우 탈락시키죠.

전혀 뜻밖의 말이었다. 뭘 보고 판단했는지 이해할 수가 없었다. 채이주 역시 같은 생각인지 의아해하고 있었다.

"전 괜찮았는데 이유는요?"
—연습하는 영상 보면 발전 가능성이 없어 보입니다. 외모로 합격하긴 했는데 여기까지가 적당해 보입니다.

채이주는 순간 얼굴을 찡그렸고, 태진은 그런 채이주를 가만히 쳐다봤다. 얼마 전까지 채이주도 같은 평가를 받고 있었기에 마치 자신에게 하는 말처럼 들린 모양이었다. 태진이 필에게 열심히 통역을 해 줄 때, 채이주가 퉁명스럽게 입을 열었다.

"전 꼭 외모 때문에 합격시킨 건 아닌데요?"
—그렇죠. 하지만 저번에 비해 크게 달라진 것 같진 않아 보입니다. 그리고 발전한다고 해도 문제가 됩니다.
"무슨 문제요?"
—최정만 씨가 받을 주목이 나눠질 수 있습니다.

채이주가 직접 뽑은 최정만까지 들먹이며 그녀를 설득하려 했다. 듣고 있던 태진은 자신도 모르게 헛웃음을 뱉었다. 이래서 곽이정과 함께하기가 꺼려졌다. 권단우가 비록 다른 팀이기는 하지만 꿈을 갖고 참가한 사람이었다. 그런 사람을 자신만의 이득을 위해서 탈락시키려 하는 모습이 마음에 들지 않았다. 그때, 채이주가 필보다 먼저 태진에게 물었다.

"태진 씨 생각은요?"

곽이정이 신경 쓰였다. 하지만 이미 오전에도 할 말을 한 상태였고, 이제는 다른 팀이기도 했기에 태진은 생각한 대로 말을 하기로 했다.

"전 권단우 씨 말고 상대 역인 이정주 씨가 탈락하는 게 나을 거 같아요."
―연습할 때 영상 봤잖아요. 이정주보다는 권단우가 떨어지는 게 맞죠!
"연습할 때 영상은 그런데 지금 미션은 뮤직비디오 미션 아닌가요? 뮤직비디오 미션을 준 건 편집까지 고려해서 낸 것 같은데 그런 점에서 권단우 씨는 부족해 보이진 않아요."
―하…….
"나도 태진 씨하고 같은 생각이에요."

태진은 필에게 상황을 설명하자 필이 웃으며 말했다.

"연기는 별론데 잘생긴 외모로 연기력을 커버하네. 이번에는 역할도 맞아서 나도 이 사람보다는 상대 여자 배우를 탈락시키는 게 맞다고 봅니다. 이정주? 이 사람한테는 미안한데 상대역이 너무 안 좋았어요."

필까지 거들고 나서자 인이어를 통해 곽이정의 한숨이 들렸다. 하지만 딱히 다른 말을 하진 않았기에 채이주는 태블릿 PC에 있는 이정주의 얼굴을 눌렀다. 태진이 다른 팀들은 어떤 결정을 내렸는지 살펴볼 때, 숲 엔터에 연기 지도를 해 주러 온 이창일의 못마땅해하는 표정이 보였다.

지금은 숲의 탈락자를 청하는 순서였다. 그러다 보니 숲에서는 아무런 권한이 없었기에 이창일이 마음에 안 든다는 표정을 지을 이유가 없었다. 그럼에도 왜 저런 표정을 짓고 있는 것인지 궁금했다. 그때, 이창일이 한숨을 뱉고선 다른 팀을 살피려는지 고개를 돌렸고, 태진과 눈이 마주쳤다. 그러자 이창일은 언제 그런 표정을 지었다는 듯 가볍게 미소를 지으며 태진에게 살며시 고개를 끄덕이며 눈인사를 했다.

'뭐가 마음에 안 드시나?'

그때, 태진의 귀에 곽이정의 목소리가 들려왔다.

─알겠습니다. 그 편이 낫겠네요. 아무래도 경쟁자가 없는 것보다 있는 것이 좋을 것 같습니다. 외모의 권단우와 연기력의 최정만 구도가 좋겠군요.

앞으로 어떤 방향으로 진행할지 알려 주는 말이었다. 물론 권단우와 최정만이 끝까지 살아남는 것이 우선이었지만. 태진은 자신도 모르게 피식 웃었다. 그동안 봐 온 곽이정답게 양보하는 듯하면서 남의 의견을 바탕으로 자신의 의견을 만들고 있었다. 처음에는 그런 곽이정이 대단해 보였는데 이제는 약간 하이에나처럼 보였다.

그사이 다른 팀에서도 탈락자를 정했는지 사회자가 탈락자를 발표하려고 준비했다.

"누가 떨어질 거 같아요?"

채이주의 짧은 질문에 태진은 많은 생각이 들었다. 만약 다른 기획사들에 곽이정 같은 사람이 있다면 아마도 권단우가 떨어질 수도 있었다. 잘생긴 외모 덕분에 1차에서 합격을 했지만, 이번에는 괜찮은 연기를 보였음에도 불구하고 그 외모로 인해 탈락하게 생겼다. 권단우에게 특별한 감정이 있는 건 아니었다. 단지 연기력으로 탈락 여부를 결정하는 게 아니라 각 소속사의 이득을 위해서 탈락자가 결정되는 것이 씁쓸했다. 그때, 태진에게 말을 전해 들은 필이 입을 열었다.

"아마도 저 사람?"

필이 가리키는 곳에는 권단우가 있었다.

"왜요? 아까 연기 괜찮았다고 하셨잖아요."

"이런 비슷한 오디션이 예전에 미국에서도 있었어요. 그때도 기획사들 간에 머리싸움이 치열했죠. 만약 저 사람이 연기가 눈에 띄게 뛰어났다면 문제가 안 되는데 사실 연기만 놓고 보면 누가 탈락해도 이상하지 않아요. 약간의 차이는 있지만 다 비슷하죠. 그럼 누굴 떨어뜨리는 게 자기들한테 이득일까요. 경쟁자 제거죠!"

필은 이런 오디션이 익숙한지 별 감흥이 없는 듯 말했고, 태진은 무대 위에서 긴장하고 있는 숲 엔터의 참가자들을 쳐다봤다. 다들 서로를 보며 응원을 하려는 듯 고개를 끄덕이며 미소를 짓고 있지만, 긴장하고 있다는 것이 느껴졌다. 그때, 사회자가 마이크를 잡고 입을 열었다.

"심사 위원들과 각 기획사들의 평가가 나뉘었군요. 후, 이건 전혀 예상하지 못했는데요."

탈락자에 관한 정보는 심사 위원들에게 주지 않았는지 전부가 궁금해하며 지켜봤다. 그때, 사회자는 합격한 사람부터 한 사람씩 호명했다. 그리고 이제는 두 사람이 남아 있었다. 한 사람은 MfB에서 탈락자로 지목한 이정주였고, 다른 한 사람은 권단우였다. 그때, 사회자가 권단우에게 마이크를 가져갔다. 지금까지 인터뷰를 한 사람은 전부 합격이었기에 권단우의 옆에 있는 이정주의 표정이 굳었다.

"이정주가 탈락인가 보네요."

다 곽이정 같은 사람만 있는 게 아니라는 생각이 들었다. 그때, 사회자가 합격 발표를 하지 않고 곧바로 이정주에게 마이크를 가져갔다.

"엄청 긴장되시죠?"
"후우… 네, 엄청요."
"제가 듣기로는 숲 엔터에서 그렇게 열심히 하셨다고 들었어요."
"다들 열심히 했는걸요."
"다들 열심히 했는데 그중에서도 특히 열정이 대단하다고 하던 걸요. 듣기로는 집에도 안 가고 연습실에 살았다고 그래서 다들 연습실에 지하실 있나 찾아보고 그랬다는 얘기를 들었는데요. 그래서 별명이 기생충이었다고."

간단한 농담을 건네며 인터뷰를 하던 중 사회자가 이정주에게 손을 내밀었다.

"노력이 빛을 발한 모양이네요. 마지막 합격자는 이정주 씨입니다. 축하드립니다."

이제 고작 2차임에도 이정주는 최종 합격을 한 사람처럼 주저 앉아 울기 시작했다. 그리고 탈락자인 권단우가 미소를 지은 채 이정주를 다독거렸다.

"권단우가 왜 탈락이에요? 말도 안 돼."
"그러게요."
"너무한다."

채이주는 권단우에게 같은 감정을 느꼈는지 억울하다는 표정 이었다. 하지만 기획사들의 의견을 모아 다수결로 결정을 하다 보니 MfB에서 할 수 있는 건 없었다.

'팀장님이 이래서 양보한 건가.'

너무 쉽게 양보한다 싶었다. 그때, 사회자가 탈락자인 권단우 의 소감을 들으며 권단우가 받은 표를 공개했다.

"표를 많이 받은 것도 아닌데 너무 아쉬워요. 총 4표 중에 2표 를 받으셨어요."
"아, 그랬군요."
"덤덤하시네요?"
"여기까지 온 것도 감사하게 생각하고 있습니다."

그 뒤로는 탈락자들을 위로하며 인사하는, TV에서 보던 통상적인 인터뷰였다. 태진은 MfB 말고 어떤 소속사에서 다른 사람에게 표를 줬는지 궁금했다. 숲을 제외한 나머지 세 곳 중 두 곳이 권단우를 뽑았을 테고 다른 한 팀은 이정주가 아닌 누군가를 뽑았을 것이다.

'어디일까.'

그때, 제일 마지막에 있던 플레이스가 눈에 들어왔다. 다들 도우미로 배우를 데려왔는데 유일하게 뮤지컬 감독을 데리고 온 곳이었다. 그런 플레이스에서는 권단우를 보며 아쉬워하는 모습이었다.

'플레이스인가. 이정훈 배우님도 그렇고, 유재섭 배우님도 그렇고 다 좋으신 분들이구나.'

확실치는 않았지만, 지금까지 본 이정훈이나 전에 제대로 된 심사 평을 했던 유재섭이나 다들 연기에 진심인 사람들처럼 느껴졌다. 지금도 다른 팀들을 보며 못마땅해하는 표정을 짓는 걸 보면 아마도 권단우가 아닌 다른 참가자를 선택한 팀은 플레이스 같았다.

'후, 그래도 한 팀은 있어서 다행이네… 아……'

순간 지금의 일이 남의 일이 아니라는 것이 떠올랐다. 숲에서 권단우가 떨어진 만큼 MfB에서는 최정만이 떨어질 수도 있었다. 최정만이 연기가 많이 늘긴 했지만, 워낙 기본기가 없었던 터라 전체적으로 본다면 눈에 띄는 연기를 한 건 아니었다. 연기가 빠르게 늘지만 아직은 부족한 사람이 최정만이었다. 그러다 보니 권단우를 떨어뜨린 것처럼 최정만을 탈락시킬 수도 있을 것 같았다.

*　　　*　　　*

어느새 MfB의 차례가 되었다. 지금 당장은 누가 떨어져도 할 말은 없었다. 다만 어제와 오늘이 다르고 내일이 궁금해지게 만드는 최정만은 아쉬웠다. 태진은 마치 자신이 참가자인 듯 긴장한 채 무대를 봤다. 무대에는 MfB 소속의 참가자 8명이 인사를 하기 위해 올라와 있었다.

"아… 내가 다 긴장되네. 태진 씨는 긴장도 안 돼요?"
"저도 긴장돼요."
"아, 미치겠다."

채이주는 다리까지 떨며 무대를 지켜봤다. 무대에서는 참가자들과 간단한 인터뷰를 끝내고 곧바로 연습 영상을 공개했다. 실제 방송에서는 어떻게 나올지 알 수는 없었지만, 지금 공개되는 영상은 그다지 특별한 것은 없었다. 필의 지도를 받으며 명상을 하는 모습들이나 각자가 자신의 연기를 연습하는 모습이었다.

그러던 중 하영의 모습이 나오기 시작했다. 아마도 하영이 준비해 온 연기를 처음 선보이는 날 같았다.

―도대체 왜 그러는 거야! 난 어떻게든 우리 사이 이어 보려고 그러는데 넌 밀어내려고만 하잖아! 내가 뭘 더 어떻게 해야 하니. 나 이제는 모르겠어.

뮤직비디오에서 이렇게 화를 표출하는 연기를 하진 않았지만, 처음에 하영이 준비해 온 연기였다. 그때, 그동안 연기 지도를 하는 모습을 볼 수 없었던 채이주가 나타났다. 채이주는 화면에 자신이 모습이 나오는 것이 민망했는지 괜히 어깨를 으쓱거렸다.

―하영 씨가 하는 것도 좋은데 아까 내가 말한 대로 해 보는 건 어때요."
―전 자신 없는데… 내가 어떤 기분인지 보여 줘야 하는데 선배님이 말씀하신 대로 하면 그 느낌을 보여 줄 수가 없을 거 같아요.

지금 영상이 공개된다면 일부는 하영의 태도를 지적하는 사람도 있을 것이고, 일부는 악마의 편집이라고 하는 사람도 있을 것 같았다. 하지만 태진이 보기에는 악마의 편집은커녕 엄청 좋게 편집한 것처럼 보였다. 오히려 하고 싶은 말을 다 하는 하영의 입장에서는 고마워해야 할 편집이었다. 그때, 채이주만 화면에 잡혔다.

―어떤 느낌인지 한번 보여 줄까요?

그와 동시에 채이주는 연기를 보여 주려고 자리를 잡았다. 그리고 1팀의 선정곡인 Solo의 일부분이 나왔고, 채이주가 직접 연기를 하는 모습이 나왔다. 그와 동시에 심사 위원들의 고개가 돌아가는 게 느껴졌다.

"오."

다들 놀랐는지 짧은 감탄사를 뱉었다. 심사 위원들이 평소 채이주를 어떻게 생각하고 있었는지 알 수 있는 부분이었다. 채이주는 약간 민망한지 주변에서 느껴지는 시선을 애써 모른 척했다. 그러는 사이 화면에 채이주의 연기 지도가 끝남과 동시에 참가자들이 놀라워하는 표정들이 잡혔고, 곧이어 당시 연습실에 있던 모든 사람들이 감탄을 하며 박수를 치는 소리가 들려왔다.

최정만이 탈락할 수도 있는 상황이라 긴장하고 있던 태진도 덕분에 긴장이 풀렸다. Solo를 선택한 것도 채이주가 제대로 된 연기 지도를 할 수 있도록 고려했기 때문이었다. 채이주를 선택하고 집중한 결과가 나오고 있다 보니 묘한 쾌감이 일었다.

잠시 뒤, 연습하는 영상이 끝났고, 뮤직비디오가 공개되기 시작했다. 일단은 연기 경력이 있는 참가자들의 뮤직비디오였다. 태진의 담당은 아니었지만, 촬영장까지 따라가며 봤던 영상이었다. 확실히 경험이 있어서인지 화면에도 여유가 나타났다.

밝은 분위기의 곡답게 즐거워하는 모습이었고, 보는 사람마저

즐겁게 했다. 그러던 중 휴대폰에 전화가 걸려 오는 모습이 나왔다. 남녀에게 동시에 전화가 걸려 왔고, 서로 웃으며 뒤돌아 번호를 확인하는 모습이었다. 그리고 휴대폰 화면에는 태진이 담당한 참가자들의 얼굴이 떠 있었다.

"아직은 모르나 본데요?"

아마도 짧게 지나가는 장면이다 보니 뮤직비디오를 다 봐도 끝까지 모를 수도 있었다. 잠시 뒤, 뮤직비디오가 끝이 났고, 드디어 태진이 담당한 팀의 순서였다. 1절의 담당은 임동건과 이하영이었다. 태진은 이미 몇 번이나 뮤직비디오를 봤기에 지금은 다른 팀들의 모습을 관찰했다. 뒷모습이나 옆모습밖에 보이지 않았지만, 그래도 조금이라도 반응을 보일 것이었다. 그리고 화면에 하영이 등장했다. 그와 동시에 심사 위원들이 반응을 보였다.

'어?'

좋은 반응이 아니었다. 태진은 약간 의아함에 고개를 갸웃거렸다. 심사 위원들 중 일부는 한숨까지 뱉으며 팔짱을 끼는 모습까지 보였다. 하영의 연기가 그렇게까지 이상한 건 아니었다. 사실네 명 모두가 열심히 해서 우열을 가리긴 힘들었는데 동건이 등장할 땐 보이지 않던 반응들이 하영이 등장함과 동시에 나타났다. 그리고 일부 심사 위원과 도우미들이 채이주를 힐끔거렸다.

'아! 비교됐구나!'

영상이 바로 이어지다 보니 채이주의 연기와 하영의 연기가
비교가 되어 버렸다. 채이주의 연기는 태진이 인정한 연기인 만
큼 너무 큰 차이가 있었다. 심사 위원들도 같은 것을 느끼는 모
양이었다.

그리고 곧이어 최정만이 화면에 등장했고, 심사 위원들이 또
다시 반응을 보였다.

1차 때의 최정만이 잘 기억에 남지 않은 모양인지 예전 정보
를 찾는 사람도 있었고, 소속사의 직원들에게 정보를 받는 것처
럼 보이는 심사 위원도 있었다. 그만큼 다들 최정만에게 관심이
없었는데 지금은 아니었다. 모두가 흥미롭다는 표정으로 최정만
의 연기를 바라봤다.

화면 속 최정만은 심사 위원들이 관심을 가질 만한 연기를
펼치고 있었다. 상대 역인 김선영의 변해 버린 모습을 보며 애
잔한 미소를 지은 채 관계를 돌려 보려고 애쓰기도 했고, 어쩔
때는 이별을 받아들이려는 듯 체념한 모습도 보였다. 그러다가
도 다시 끈을 이어 보려고 말을 거는 모습이 굉장히 인상적이
었다. 그래서인지 Solo가 어떤 느낌인지 제대로 느껴지고 있었
다.

아마 최정만이 1차에서도 인상적인 연기를 펼쳤다면 이 정
도까지 관심을 보이지는 않았을 것이다. 하지만 지금의 최정
만은 그때와 비교해 전혀 다른 연기를 펼치다 보니 심사 위원
들은 자신들이 보지 못한 배우인가 의아해하며 지켜보는 중

이었다.

"Solo가 신의 한 수였어요. 그죠? 참 신기해. 태진 씨는 어떻게 딱 이걸 골라 왔어요."

채이주를 위해 고르고 고른 곡이었다. 결과적으로 채이주도 연기를 인정받았고, 참가자들도 채이주와 필에게 연기를 지도받아 훨씬 좋은 연기를 펼치는 중이었다.

잠시 뒤, 뮤직비디오가 거의 끝이 날 때쯤, 화면이 두 개로 나뉘지며 한쪽에는 임동건이, 다른 한쪽에는 김선영이 나왔다. 각각 카페에서 혼자 나온 두 사람은 동시에 전화를 걸기 시작했고, 그들의 화면에는 낯익은 사람의 이름과 얼굴이 나왔다. 태진이 혹시 알아본 사람이 있나 싶어 궁금한 마음에 심사 위원들을 쳐다볼 때, 플레이스에 있던 뮤지컬 감독이 MfB를 보고 있었는지 눈이 마주쳤다. 뮤지컬 감독은 재미있다는 표정으로 엄지까지 내밀었다.

'알아봤구나!'

한 명이라도 알아본 게 다행이라는 생각에 태진은 입가를 씰룩거렸다. 그렇게 뮤직비디오가 끝나자 MfB를 제외한 다른 소속사들의 평가가 이뤄졌다. 이번에는 거꾸로 평가를 했고, 입을 연 사람은 플레이스의 심사 위원 유재섭이 아닌 뮤지컬 감독이었다.

"정말 흥미롭게 봤습니다. 사실 두 편 모두 처음에는 그냥 짧은 시간 동안 준비한 티가 나는 그런 구성이었거든요. 연출자가 아닌 이상 당연한 얘기죠. 그래서 그걸 감안하고 보는데 중간에 왜 이런 장면이 나오지라는 생각이 들게 하는 장면들이 있더라고요. 그런데 나중에 두 편을 모두 보고 나니까 이해가 되더군요. 그 하나의 짧은 장면으로 광장히 인상적인 구성이 되는 게 흥미로웠습니다."

심사 위원들은 내색하고 있지 않지만, 다들 알아차리지 못한 모양인지 궁금함에 뮤지컬 감독의 말을 경청했다.

"일단 첫 번째 노래는 사실 연기 경력이 있는 분들이 모인 팀 치고는 좀 부족해 보여요. 밝은 느낌이면서도 알고 보면 가사 자체가 선정적이에요. 연인을 속이고 놀러 간 휴양지에서 뜨거운 하루를 보내는 그런 이야기. 일부 사람들은 불편할 수 있는 이야기를 신나는 분위기로 익살스러운 장면으로 무마하려고 했어요. 그나마 연기력이 받침이 돼서 망정이지 잘못했으면 보는 내내 불편했을 수도 있을 것 같아요. 그리고 두 번째, 전 이게 광장히 마음에 드네요."

뮤지컬 감독은 자신이 정리한 걸 훑어보고선 다시 말을 이었다.

"전형적인 이별 분위기로 가는 구도죠. 그런데 앞의 뮤직비디오와 연결되는 한 장면을 통해 전혀 다른 느낌을 주고 있어요. 보통 이별에 관한 얘기는 강제로 이별을 당하는 사람이 주가 되면서 애잔, 불쌍, 안쓰러운 모습 위주로 담아서 공감을 사려 하거든요. 그런데 이건 그렇지가 않았어요. 오히려 이별을 통보 하기도 전에 새로운 인연을 찾는 사람 위주로 나오더라고요. 그리고 그 사람 역시 자신이 했던 그대로 돌려받는 모습을 예상하게 만들었죠. 휴대폰 화면에 나온 사진과 이름 하나로. 한국인 입맛에 딱 맞는 권선징악의 느낌까지 주고 있죠. 그래서 바람피운 사람 위주임에도 불구하고 이별을 준비하는 사람들을 위로하게 되더라고요. 봐라, '너 버리고 간 사람 불행할 거야'라고 막 못된 위로를 하게 되는 게 재밌었습니다."

심사 위원들은 그제야 이해를 한 모양이었지만 지금 바로 다시 볼 수는 없었기에 약간 답답해하는 모습들이었다. 그때, 뮤지컬 감독이 아직 할 말이 남았는지 마이크를 다시 입에 가져갔다.

"사실 Solo라는 곡은 이번에 처음 듣는 곡인데 나중에 찾아 듣게 될 거 같아요. 그리고 이 곡을 들으면 이 뮤직비디오가 떠오를 것 같네요. 굉장히 인상적이면서 또 전략적이기까지 한, 상업적으로 보면 굉장히 훌륭한 그런 뮤직비디오 같네요. 아! 상업적이라고 한 건 나쁜 의도는 아닙니다. 제가 말한 의미를 확인을 하려면 앞에 팀의 뮤직비디오도 같이 봐야 한다는 걸 말한 거죠. 그러다 보면 두 개의 조회수가 같이 올라가겠죠? 그 말을 한 겁니다."

뮤지컬 감독은 말이 끝났는지 마이크를 내려놓았다. 그리고 다른 기획사들의 평가가 계속 이어졌고, 뮤지컬 감독과 달리 대부분 연기에 대한 지적이었다. 필과 채이주에게도 들었던 것들이기에 다들 큰 타격을 받은 것처럼 보이진 않아 안심이 되었다. 잠시 뒤, 평가가 끝나고 잠시 기획사들이 탈락자를 정하는 순서가 되었다. 기다리는 동안 채이주는 참가자들을 쳐다보지 못하고 아예 등을 돌리고 있었다.

"아, 다 붙었으면 좋겠는데… 그렇게는 안 되겠죠?"

"룰이니까 어쩔 수 없죠."

"그래도 다들 열심히 했으니까 후회는 없겠죠? 나도 그런 마음이 들더라고요."

"언제요?"

"오늘요. 아까 오디션 보면서 이렇게 열심히 했는데 안 되면 내가 그냥 부족한 거라는 생각이 들더라고요. 이렇게 말하니까 체념한 거 같네. 아무튼 마음은 편하더라고요."

태진은 채이주를 보며 입가를 씰룩거렸다. 앞으로 계속 이렇게 열심히 준비하고 연습한다면 발 연기 타이틀을 확실하게 벗어던질 수 있을 것 같았다. 그때, 채이주가 갑자기 무언가 떠올랐다는 듯 태진을 쳐다봤다.

"그런데 아까 플레이스에서 김주철 감독님이 말씀하신 거 전부 태진 씨 칭찬이던데!"

"아니에요. 다들 연기 잘했다고 그러는 거죠."

"아니죠! Solo 추천한 것도 태진 씨고! 휴대폰 화면 구성한 것도 태진 씨고! 신기하다. 어떻게 그렇게 다 잘해요."

대놓고 칭찬을 받자 멋쩍었다. 다만 멋쩍어하는 것이 드러나지 않기에 딱히 표정을 숨길 필요도 없었던 태진은 그저 무대만 쳐다봤다. 그때, 태진을 보고 있던 필이 웃으며 말했다.

"나 빼고 무슨 얘기들을 하는지 모르겠지만, 아마도 태진 칭찬을 하는 거 같은데, 맞죠? 그럴 땐 가만히 있는 것보다 괜히 어깨를 주무르던지 해서 지금 태진의 감정을 보여 주는 방법도 있죠. 막 눈동자만 흔들리지 말고. 하하."

태진은 신기한 눈빛으로 필을 봤다. 처음에도 그러더니 눈만 보고서도 자신의 감정을 굉장히 잘 파악하고 있었다. 어떻게 아는 건지 궁금해할 때, 채이주가 대화에 끼어들었다.

"저도 같이 웃을래요."

"아, 아니에요."

"뭔데요."

"아, 저 칭찬하시는 거 같은데 그럴 때는 반응하라고 말씀해 주신 거예요."

"맞아! 진짜! 사람이 칭찬하면 반응도 좀 하고 그래야죠!"

이번에는 필이 알려 준 대로 오른팔로 왼쪽 어깨를 살며시 주물렀다. 그러자 신기하게도 채이주가 웃었다.

"와! 괜히 뻘쭘하니까 딴청 피우는 거 봐."

태진은 필을 쳐다봤고, 필은 어깨를 으쓱거리며 씨익 웃었다. 그러는 사이 사회자가 올라왔다. 그제야 채이주는 다시 긴장이 되는지 숨을 가볍게 뱉고는 무대를 봤다.

"MfB의 예비 액터들의 뮤직비디오 저도 정말 인상 깊게 봤습니다. 어떤 분이 여기서 여정을 마무리하게 될지는 모르겠지만, 반드시 화면으로 만날 수 있을 것 같다는 생각을 들게 하더군요. 그럼 발표를 하겠습니다."

사회자는 앞서와 마찬가지로 한 명씩 호명했다. 호명된 사람들은 전부 합격이었고, 태진은 합격된 사람들을 보며 입가를 씰룩거렸다. 그중에는 걱정했던 최정만이 당당하게 끼어 있었다.

"이제 남은 예비 액터는 임동건 씨와 이하영 씨 두 분이네요. 지금 심정이 어떠세요."

사회자는 하영에게 마이크를 건넸다. 항상 자신의 의견을 숨김없이 말하는 하영이다 보니 카메라 앞에서는 어떤 말을 할지 약간 걱정이 됐다. 그런데 하영의 표정이 생각보다 덤덤했다.

"제가 떨어질 거 같아요."
"왜죠? 전 좋게 봤는데요."
"저도 같이 영상 봤으니까요. 실제로 채이주 선생님 연기 볼 때도 감탄했는데 이렇게 영상으로 보니까 더 좋더라고요. 사실 스스로 잘했다고 생각했는데 같이 보니까 너무 민망했어요. 알려 주신 거 반만 소화했어도 합격했을 거 같은데."
"아닙니다! 충분히 잘했어요."
"그럼 저도 저기에 있었겠죠."

끝까지 거침없는 하영이었다. 그래도 채이주를 진심으로 인정하고 후회하는 모습을 보여서인지 평소와 달리 얄밉게 보이진 않았다. 그리고 예상대로 사회자의 입에서 하영의 이름이 지목되었다.

"아쉽지만 이하영 씨의 '라이브 액팅'에서의 여정은 여기서 마무리되었습니다. 하지만 이하영 씨의 연기는 이제 시작이겠죠. 라이브 액팅으로 심은 씨앗이 언젠가는 활짝 피길 응원하겠습니다."

박수를 끝으로 MfB의 탈락자 발표가 끝이 났다.

* * *

잠시 휴식을 갖는 동안 태진은 스튜디오 밖으로 나왔다. 다름 아닌 하영과 마지막 인사를 나누기 위해서였다.

"다 사인했지? 팔로워도 했지? 나중에 스타 돼도 모른 척하면 안
돼? 우승하는 사람이 밥 쏘는 거 까먹지 말고 나도 꼭 불러 줘!"
"알았다니까."
"동건이 오빠도 내 다음이야!"
"뭔 악담을! 빨리 가!"

그렇게 가까워 보이진 않던 참가자들이었는데 이별을 하는 순
간만큼은 아쉬운 모양이었다. 태진만 하더라도 하영을 보고 있으
면 약간 짜증이 날 때도 있었는데 막상 마지막이라고 하니 안쓰러
운 마음도 들었다. 그때, 하영이 채이주, 필과 태진을 보며 말했다.

"쌤, 감사했어요! 쌤 덕분에 목표가 생겼어요! 저도 쌤처럼 예
쁘면서 연기 잘하는 배우 될 거예요!"
"지금도 충분히 예쁘니까 연기 연습만 하면 되겠네."
"그렇죠? 흐흐, 그리고 필 쌤! 쌩큐! 알러뷰!"
"하하하하. 미투."

필과는 짧은 영어와 포옹으로 인사를 마무리하고는 태진을
봤다.

"태진 아저씨, 항상 저희 신경 써 주셔서 감사했습니다. 말씀
도 잘 안 하시지만 항상 저희 도와주신 거 잘 알고 있어요. 나중

에 제가 스타 되면 그때 꼭 제 매니저 해 주세요."

"저 매니저 아니… 네, 그래요."

끝까지 뭘 하는 사람인지도 모르는 눈치였다. 태진은 헛웃음을 뱉고는 하영과 인사를 나눴고, 하영은 그 인사를 마지막으로 차에 올라탔다. 그리고 남아 있던 참가자들은 다시 스튜디오로 들어갔고, 태진도 뒤따라가려 할 때 휴대폰이 울렸다.

"저 전화 좀 받고 가겠습니다."

다름 아닌 라온의 이종락 부장이었다. 아마 오늘 뮤직비디오의 반응이 궁금해서 전화를 한 모양이었다. 태진은 오가며 봤던 스튜디오 옆에 비치된 간이 의자로 향하며 전화를 받았다.

"네, 부장님."

─태진 씨! 촬영 중 아니죠? 내 정신 좀 봐. 촬영 중이면 안 받았겠지!

"네, 지금 휴식 시간이에요. 아, 그리고 저희 차례도 끝났어요."

─그래요?

태진은 입꼬리를 씰룩거리며 이종락이 질문하기 전에 말을 해 주었다.

"반응 좋았어요. 김주철 감독님이라고, 뮤지컬 감독 하시는

분인데 그분이 정확히 봐 주셨어요."

─뭘 정확히요! 나한테도 정확히 말 좀 해 주세요.

"아! 그러니까 Solo를 들으면 뮤직비디오가 떠오를 것 같다고 말씀하셨어요."

─그건 별론데! 들으면 우리 은수가 떠올라야지!

"그러면서 찾아 듣게 될 거 같다고 하시더라고요."

─아, 그건 좋네요.

말투에서까지 기뻐하는 것이 느껴져 태진도 웃음이 나왔다. 그리고 이종락 부장이 이 이유 때문만으로 전화를 건 것은 아닐 것이었다. 아마 다즐링의 다음 곡 진행이 더 궁금할 것이었다. 그런데 그때, 익숙한 두 사람이 태진이 있는 곳으로 다가왔다.

한 명은 원로 배우인 이창일 배우였고, 다른 한 명은 숲 엔터에서 탈락을 하게 된 권단우였다. 두 사람이 중간에 서서 대화를 나누는 중이었고, 인사를 하기에는 아직 좀 거리가 있어 태진은 이종락과의 통화를 이어 나갔다.

"그리고 보내 주신 건 듣고 있어요."

─그래요? 어때요? 괜찮은 곡 많죠?

"좋은 곡들은 많은 거 같은데 아직은 못 찾았거든요. 아마 오늘부터는 계속 찾을 수 있을 거 같아요."

─그래요! 아, 다행이다! 지금 애들 난리도 아니거든요. 커버곡 조회수가 어마어마해요. 이때 컴백을 해야 되는데 아직 곡도 안 정해지니까 불안한 모양이에요. 아! 물론 저는 믿고 있죠. 그냥

다른 사람이 그렇다는 말입니다. 하하.

"네, 열심히 할게요."

지원 팀을 꾸릴 수 있게 된 배경 중에 가장 큰 이유가 라온에 있었기에 태진도 진심으로 한 말이었다. 그리고 다즐링의 일을 잘 마무리해야 지원 팀이 유지될 수 있었다.

─그럼 기다리겠습니다! 바쁘신데 쓸데없는 말은 생략하겠습니다!

"알겠어요. 빠른 시간 안에 연락드릴게요."

─아! 은수하고 한겨울 Solo 방송에 나가는 날 음원 올라갑니다. 원래는 바로 올려도 되는데 방송하고 맞춰 달라고 그래서 꾹 참고 있는 겁니다! 시간이 남아서 방송 심의까지 받았고요!

"네, 알겠습니다."

─아! 그리고 빌 러셀 씨 나오는 영상 조회수 800만 넘었습니다!

"더 하실 말씀 있으세요? 제가 이제 정말 가 봐야 할 것 같아서요."

─아닙니다! 하하.

가만히 내버려 두면 라온에서 생긴 일을 다 들어야 될 것 같았기에 일을 핑계로 전화를 끊었다.

'이제 라온이네.'

오늘 채이주가 오디션에 붙었으니 한 가지 일은 해결된 셈이었다. 채이주를 도와주는 건 사실 주가 아닌 부였고, 이제 지원 팀을 꾸린 이상 라온의 일이 주가 되었다. 열심히 하자고 다짐을 하기 위해 주먹을 꽉 쥐고 이동하려 할 때, 이창일과 권단우가 가까이 다가왔다.

두 사람이 함께 걷고 있는 모습을 물끄러미 쳐다봤다. 신기하게도 그 유명한 이창일이 그다지 눈에 들어오지 않았다. 권단우가 너무 잘생기다 보니 시선이 권단우에게만 향했다. 가까이서 보니 위화감이 들 정도로 잘생겨 보였다. 거의 바로 앞까지 다가오고 나서야 태진의 눈에 이창일이 들어왔다. 아까 심사 위원석에서 잠깐 눈을 마주친 정도였지만, 원로 배우이다 보니 태진이 먼저 인사를 건넸다.

"안녕하세요."
"아! 아까 봤었죠. 통역하던 분이시던가요? 반가워요."

통역사로 오해받는 상황에 태진은 속으로 웃었다. 하영에게는 매니저로 오해를 받더니 이제는 통역사였다. 태진은 다시 정식으로 인사를 건넸다.

"MfB의 캐스팅 에이전트인 한태진이라고 합니다."
"아! 캐스팅하는 분이시군요."

옆에 있던 권단우도 태진에게 고개를 꾸벅 숙여 인사했다. 태진이 나이가 많긴 했지만, 이런 인사를 받을 정도는 아니었다. 아무래도 데뷔도 못 한 배우의 입장에서 에이전트에게 잘 보이고 싶은 모양이었다. 그때, 이창일이 권단우를 보며 말했다.

"MfB도 내가 말한 곳 중 한 곳이지."

"아……."

"단우 너에게는 차라리 MfB가 더 나을 수도 있어 보이는구나."

태진은 무슨 소리를 하는지 듣고만 있었다. 그때, 권단우가 약간은 슬퍼 보이는 모습으로 태진에게 다시 인사를 했다.

"좋게 봐주셔서 감사합니다."

"네?"

왜 갑자기 감사 인사를 받는 건지 이해하질 못했다. 그러자 이창일이 권단우의 어깨를 두드리며 말했다.

"내가 그동안 연기를 지도한 배우들 중에 가장 진지하고, 가장 열심히 하더군요. 비록 짧은 시간이긴 했지만, 이대로 그만두게 하기에는 아까운 인재라서 설득을 했습니다. 그러다 보니 탈락하게 된 이유를 알려 줄 수밖에 없었네요."

"아……."

"전부 자기네들 밥그릇 싸움이나 하고 있는데 MfB하고 플레이스 두 곳이 다르더군요. 나도 후배들을 양성하는 데 조금이라도 도움을 줄까 해서 나왔던지라… 이럴 줄 알았으면 안 나왔을 텐데 말입니다."

이창일은 응원해 주려는지 권단우의 어깨를 다시 두드렸다.

"내가 지금까지 연기하면서 느낀 건 연기는 내가 하지만, 완성은 내가 하는 게 아니라는 겁니다. 내 연기에 맞춰 줄 수 있는 상대 배우와 그걸 화면에 담아 주는 스태프들, 심지어는 뒤에 깔리는 음악까지. 어떻게 보면 나도 일부분일 뿐이죠. 그리고 단우는 그 역할을 충분히 해냈음에도 탈락하게 된 게 말이 안 되는 겁니다."
"그렇죠."

인사를 했을 뿐인데 갑자기 대화에 끼게 된 태진은 딱히 어떤 말을 해야 될지 떠오르지가 않았다. 전부 맞는 말 같긴 한데 저 말을 왜 자신에게 하는 건지 의아했다.

"차라리 내가 데리고 있을까 생각했는데 이제는 나도 쉬는 날이 더 많아요. 그리고 젊은 사람은 젊은 사람과 일을 하는 게 맞죠."
"숲에 많이들 계시잖아요."
"숲은 아닙니다. 학연, 지연으로 똘똘 뭉친 고여 있는 물이에요. 참고로 나도 인맥으로 하도 도와 달라고 해서 자리하게 됐지만, 후회 중입니다."

얘기하는 걸로 봐서는 숲 소속이 아닌 모양이었다. 그리고 왠지 태진에게 권단우를 부탁할 모양새였다. 아니나 다를까 이창일이 입을 열었다.

"내가 보기엔 MfB는 그래 보이지 않던데, 맞나요?"

태진도 신입인데 아직 잘 알지 못했다. 그래도 곽이정을 보면 별반 다르진 않을 것 같았다. 곽이정 역시 탈락자 이름에 권단우를 지목했었으니까.

"그래서 그런데, 단우에게 기회를 한번 주셨으면 합니다. 단우가 누구보다 노력한다는 건 내가 보증합니다. 특별 대우를 바라는 것도 아니고 요즘 말하는 연습생처럼 차근차근 배울 수 있으면 됩니다. 이대로는 너무 아까운 배우입니다."

태진이 예상하던 대로였다. 아직 아무런 권한이 없었기에 바로 사실을 밝히려 할 때, 권단우의 표정이 눈에 들어왔다. 권단우는 어째서인지 아무런 말도 없었다. 약간 고민을 하는 것처럼 보였다. 아무래도 이창일의 말을 거절하기 어려워 자리하는 것처럼 보였다. 그럼에도 너무 잘생겨서인지 그런 모습까지 멋있어 보였다.
신입이라고 사실대로 말하려던 태진은 생각을 바꿨다. 이창일의 부탁도 들어주면서 권단우가 선택할 수 있는 기회를 주는 게 나을 거라 판단했다.

"네, 그럼 제 연락처 드릴 테니 연락 주세요."

권단우가 연락을 할지 안 할지는 알 수 없었지만 연락이 온다면 회사에 얘기를 해 볼 생각이었다. 그것 말고는 더 이상 해 줄 수 있는 것이 없었기에 입을 다문 채 권단우의 휴대폰에 전화번호를 눌러 주었다. 그러자 권단우가 통화 버튼을 눌러 자신의 번호까지 태진에게 알려 주었다.

번호를 교환하고 나니 더 이상 할 말이 없었기에 분위기가 어색해질 때쯤, 태진의 휴대폰이 울렸다. 번호를 보니 그다지 반갑지 않은 번호였다.

"네, 팀장님."

—빨리 대기실로 오세요.

무슨 일인지 모르겠지만, 곽이정의 목소리가 다급하게 느껴졌다. 항상 쓰고 있던 가면을 벗었을 때의 목소리처럼 들렸다. 아마도 급한 일이 생겼을 것이다.

"전 이만 일이 있어서 가 볼게요."

"네, 알겠습니다. 연락드릴게요……."

"네, 배우님, 저 먼저 가 보겠습니다."

"그래, 그래요. 신경 써 줘서 고마워요. 스튜디오에서 봐요."

두 사람에게 인사를 마친 태진은 서둘러 걸음을 옮겼다. 태진이 향한 곳은 1팀에 있을 때 사용했던 대기실이었다. 대기실에 도착한 뒤 노크를 하고 들어가자 가운데에 채이주의 뒷모습이 보였다.

'채이주 씨는 왜 있는 거지?'

채이주가 대기실에 있을 이유가 없었다. 그리고 팀원들의 분위기도 굉장히 무겁게 느껴졌다. 곽이정의 전화에 급하게 왔는데 누구 하나 입을 여는 사람이 없었다. 당연히 태진에게 알은척하는 사람도 없었다. 태진은 빈자리에 조용히 앉아 분위기를 파악했다. 그때, 채이주가 태진을 발견했는지 씨익 웃었다. 그런데 그 미소의 느낌이 묘했다. 분명히 웃고 있는데 어째서인지 힘들어하는 것처럼 보였다. 툭 건들면 울 것 같은 그런 느낌이었다. 그때, 대기실 문이 열리더니 '라이브 액팅'의 메인 PD와 스태프들이 들어왔다.

"후… 이게 무슨 일이야. 이주 씨, 괜찮으시죠?"
"네, 괜찮아요."
"진짜 사람들이 참. 너무한다. 그렇죠? 기운 내요."

태진은 무슨 일인가 생각해 봤지만 도저히 채이주가 저런 위로를 받아야 될 일이 떠오르지 않았다. 그때, 채이주가 아까와 같은 표정으로 입을 열었다.

"익숙해요……."

"축하를 해 줘도 모자를 판국에! 참, 남 잘되는 꼴을 못 본다니까 사람들이."

채이주가 축하받을 일은 한 가지뿐이었다. '신을 품은 별'의 주연이 된 일이었다. 태진은 조용히 휴대폰으로 채이주를 검색했다. 그러자 엄청난 기사가 쏟아져 나왔다.

「말도 많고 탈도 많은 신을 품은 별. 새로운 여주인공은 채이주?」
「여신 채이주, 김정연 사단에 합류」
「채이주, 소속사 이적 후 첫 드라마 주연」
「학폭 논란을 잠재우기 위해 투입된 소방관 채이주」

별의별 기사 제목이 다 있었다. 어감상 기분이 나쁜 기사 제목부터 평범한 제목들까지 다양했다. 아마도 좋은 기사는 멀티박스와 MfB에서 내보낸 기사일 것이다. 태진은 사람들의 반응을 볼 수 있는 댓글이 달린 기사를 클릭해 들어갔다. 그리고 기사 내용은 읽지도 않은 채 급하게 스크롤을 내렸다. 가장 많은 추천수를 받은 댓글이 보였고, 아니나 다를까 악플이었다.

―학폭 논란 강은수 대신 연기력 논란 채이주 ㅋㅋ 기가 막힌다.
―채이주라고? 급하긴 급한가 봄.
―드라마에 채이주 뿌렸네 ㅋㅋ

베스트 댓글 3개 모두가 악플이었다. 그 외의 댓글도 안 좋은 댓글이 대부분이었다. 물론 환영한다는 말이나 기대된다는 댓글도 있었지만, 악플이 워낙 많다 보니 위로가 되지 않았을 것이다.

'댓글 자체가 너무 많은데.'

댓글 수가 평소보다 배는 되어 보였다. 아마 강은수의 학폭 논란이 큰 이슈가 되다 보니 사람들의 관심이 '신을 품은 별'에 향해 있는 모양이었다. 태진은 안쓰러운 마음에 채이주를 쳐다 봤다. 그러자 채이주가 아까처럼 웃는 걸로도 부족해 괜찮다는 걸 보여 주고 싶었는지 주먹 쥔 손을 들어 올려 파이팅 하는 모습까지 보였다.

'하……'

안쓰러운 마음에 채이주를 볼 때, 불현듯 이 일은 '라이브 액팅'과 상관이 없는 일이라는 걸 깨달았다. 이건 멀티박스와 회사의 매니저 팀과 홍보 팀이 해결할 문제였다. 그런데 왜 라이브 액팅의 PD까지 온 건지 알 수가 없었다. 그때, PD가 입을 열었다.

"하, 그런데 저희도 MfB에서 요청하신 건 좀 들어주기 힘들 것 같습니다. 지금 저희한테도 댓글들이 달리긴 하는데 그건 시간이 지나면 다들 이해할 문제예요. 그렇죠? 우리 방송이나 드라마가 방영되면 전부 없어질 말들이니까 지금은 힘들어도 넘어가는 게 맞는 거 같습니다."

아마도 곽이정이 무슨 수를 냈고, 그걸 PD에게 제안한 모양이었다. 곽이정은 벗겨진 가면을 고쳐 쓰려는지 숨을 크게 뱉은 뒤 입을 열었다.

"그건 그렇습니다. 하지만 지금 당장 우리 채이주 배우님이 정신적으로 받는 스트레스는 어떻게 해결하실 겁니까."
"그걸 왜 저희가 해결해요. 저희가 만든 문제도 아닌데."
"후, 제 말뜻은 채이주 배우님이 스트레스를 받지 않아야 라이브 액팅 촬영에도 지장이 없을 거라는 뜻입니다."
"팀장님, 말씀이 너무하시네요. 저희가 지금 채이주 씨 스케줄 다 편의 봐 드리고 있는데 그렇게 말씀하시면 안 되죠."
"압니다. 그런 뜻이 아니라. 아, 죄송합니다. 답답해서 말이 헛나왔네요. 그래도 좀 선공개 형식으로 오늘 분량만 먼저 내보내 주시면 확실히 도움이 될 겁니다."

태진은 곽이정이 라이브 액팅 측에 무슨 부탁을 한 건지 알아차렸다.
곽이정의 부탁은 아마도 채이주가 Solo의 일부분을 연기한 장면을 공개하자는 내용일 것이었다. 태진이 보기에도 괜찮은 생각이었다. 다들 채이주의 연기를 보며 감탄한 만큼 대중들도 채이주의 연기를 인정할 것이었다. 역시 성격은 마음에 들지 않지만, 일하는 것만 놓고 보면 배울 점이 많은 사람이었다. 다만 왜

PD가 거절을 한 건지 알 수가 없었다. 그때, 곽이정이 다시 입을 열었다.

"아주 짧게 티저로 내보낸다면 '라이브 액팅'에도 사람들이 더 많은 관심을 가질 겁니다. 지금 우리 채이주 씨에게 향해 있는 관심을 다 가져올 수도 있는 거죠."
"알죠. 그런데 너무 티가 난다는 게 문제죠! 그리고 우리가 그렇게 기사로 기존에 보지 못한 신인을 찾는다는 기획 의도를 알렸는데 내보낼 거면 참가자를 내보내야죠. 팀장님도 한번 생각해 보세요. 지금까지 선공개를 하지도 않다가 갑자기 내보낸 영상이 채이주 씨 영상이면 너무 티가 나잖아요. 안 그래요?"

PD는 곤란하다는 표정으로 채이주를 힐끔거리며 거절했다. 채이주의 짧은 연기를 봤을 뿐이었기에 같은 배를 타기에는 곤란한 듯 보였다. 아직 검증이 완벽하게 이뤄진 상태는 아니었다. 태진은 채이주를 가만히 쳐다봤다. 채이주는 여전히 웃고 있었지만, PD가 말하지 않은 의도를 아는지 씁쓸해하는 것처럼 느껴졌다.

"괜찮아요! 익숙해요."
"아휴, 미안해요! 다음 주에 첫 화 나가면 그다음에는 공개하도록 하죠."

그러기엔 시기가 너무 늦는다. 대화를 나누던 곽이정도 같은 생각이었는지 급하게 말했다.

"채이주 씨의 이미지가 굳어지지 않도록 빨리 해결해야죠. 좀 도와주시죠."

"곤란하게 이러지 마시고 차라리 멀티박스에 오디션 본 걸 공개하는 게 더 낫지 않을까요? 지금도 멀티박스 일로 이런 문제가 생기니까 우리가 아닌 멀티박스에 공개를 요청해야죠."

"지금 그곳도 회사에서 나가 있습니다."

"거기도 거절한다면서요."

"멀티박스에도 계속 요청 중입니다. 그리고 많으면 많을수록 빨리 해결할 수 있잖아요."

"아, 참. 너무 티가 난다니까요. 아니면 조금만이라도 시간을 주세요."

서로의 입장만 내세우고 있다 보니 대화에 진전이 없었다. 가만히 듣고 있던 태진은 방법을 떠올려 봤다. 하지만 태진이라고 딱히 좋은 방법이 있는 건 아니었다. 휴대폰에 있는 영상을 공개할까 생각했지만, 그것도 전부 라이브 액팅에 관련된 영상이거나 '신품별'에 관한 영상이었다. 두 곳에서 거절하고 있는 이상 마음대로 영상을 공개할 수가 없었다. 그러던 중 PD가 앞서 했던 말이 떠올랐다.

'라이브 액팅이란 말 빼놓고 그냥 공개하면 티는 안 날 거 같은데. 음… 그럼 공개하려면 내가 불렀던 노래까지 사람들이 듣게 되겠네…….'

라이브 액팅을 빼놓고 영상을 올린다면 그저 Y튜브에 흔히 올라오는 연기 연습을 하는 짧은 영상으로 볼 수 있었다. 다만 자신의 목소리가 들어가 있는 것이 마음에 걸렸지만, 지금 문제를 해결하는 게 우선이라는 생각이 들었다. 그때, 문득 이곳에 오기 전 라온의 이종락 부장과 통화를 했던 것이 떠올랐다. 바로 말을 하려고 할 때, 곽이정이 보였다.

태진은 바로 입을 가리고 생각을 정리하기 시작했다. 잠시 뒤, 누가 듣더라도 끼어들 수 없도록 생각을 정리한 태진이 대화 중인 PD와 곽이정에게 말했다.

"저, 방법이 있을 거 같습니다."

순간 대기실의 모든 시선이 태진에게 향했다. 아직 확인이 된 건 아니었기에 약간 부담이 되긴 했다. 그때, 가운데 있던 채이주가 보였다. 그동안 짓고 있던 미소가 거짓이었다는 듯 긴장과 기대가 섞인 표정으로 태진을 보고 있었다. 태진은 목을 한 번 가다듬고 입을 열었다.

"그러니까, 채이주 씨에 대한 사람들의 편견을 돌려놓기 위해서 저희한테는 오늘 공개했던 영상이 필요한데 '라이브 액팅' 측에서는 채이주 씨를 옹호하는 게 너무 티가 나서 곤란하다는 거잖아요."

"그렇죠."

"아니, 옹호하는 게 곤란하다는 게 아니라. 쩝."

PD의 반응에도 태진은 말을 고치지 않고 생각해 둔 대로 이어 나갔다.

"그럼 티를 내지 않게 '라이브 액팅'이란 말은 빼고 그 영상만 공개하는 건 괜찮을까요?"

"그것도 좀 그렇죠. 채이주 씨가 지금 하고 있는 게 라이브 액팅뿐이잖아요. 그럼 당연히 유추할 수 있잖아요. 요즘 사람들 얼마나 잘 알아차리는데요. 무시할 수가 없어요."

"아예 티를 내지 않는 방법이 있어요. 라이브 액팅의 티저 영상이 아니라 다른 곳의 티저 영상으로 내보내면 어떨까요. 그리고 그 영상이 화제가 되고 채이주 씨의 일이 수습이 되면 라이브 액팅에서도 선공개로 내보내 주실 수도 있을 거 같은데요. 만약 수습이 되지 않는다면 채이주 씨가 나온 부분을 들어낼 수도 있고요."

"어휴, 그건 아니죠. 그럼 연결 장면이 무너지잖아요. 이하영이가 탈락한 게 채이주 씨 때문인데!"

"채이주 씨 때문은 아니죠."

"아, 그건 그렇죠."

"아무튼 화제가 되면 선공개로 돌릴 수 있잖아요."

남이 확인을 마친 안전한 배에 탑승을 하는 일이다 보니 PD 입장에서는 환영이었다. 수습이 되지 않는다 하더라도 큰 문제는 없

어 보였다. 태진은 반쯤 넘어온 것 같은 PD의 표정을 보고 말을
이었다.

"제가 생각한 방법은 라온이에요."

"라온이 누군데요."

"기획사 라온이요."

"아! 후 소속 기획사!"

"저희 Solo를 부른 사람이 라온의 다즐링 멤버 은수 씨거든
요. 그리고 지금 은수 씨의 인기가 굉장히 핫해요."

"알죠! 커버곡으로 Y튜브 조회수 싹 쓸고 있는데 당연히 알죠.
그런데 은수가 뭘 도와준다는 거예요?"

"라이브 액팅에서 티저 영상 내보내기가 꺼려지신다니까
Solo의 티저 영상으로 내보내는 건 어떨까 하거든요. 그럼 서로
도움이 될 거 같아요. 은수의 신곡을 들으러 와서 채이주 씨의
연기를 보게 되고. 채이주 씨의 연기가 궁금했던 사람들은 은
수의 신곡을 듣게 되겠죠. 그리고 Solo를 라이브 액팅에서 공개
를 하게 되니 결과적으로 라이브 액팅이 가장 큰 수혜자가 되
겠죠. 만약에 성공을 한다면요. 물론 채이주 씨가 나오는 부분
만 쓸 테니 굉장히 짧은 영상이 될 거라 라온에서도 부담은 없
을 것 같고요."

다들 입을 다문 채 태진을 쳐다봤다. 말만 들었는데 해결이
될 거 같았는지 표정들이 아까와 달리 편안해 보였다. 그때, 듣고
있던 곽이정이 손가락 하나를 들어 시선을 자신에게 집중시켰다.

"잠깐만요, 그런데 라온에서 그걸 해 줄까요? 잘못하면 그동안 쌓아 온 인지도가 떨어질 수도 있을 텐데."

"채이주 씨 영상 보셨잖아요. 떨어질 수가 없어요."

"그건 그렇죠. 다만 라온에서 해 주느냐, 안 해 주느냐가 문제죠."

"여기서 바로 물어볼게요."

태진은 이미 생각을 해 뒀기에 거침없이 바로 휴대폰을 꺼내 들었다. 그러고는 전화를 걸지 않고 휴대폰만 잠시 만지고선 휴대폰을 내려놓았다. 그러자 다들 태진을 이상하게 쳐다봤다. 그럼에도 태진은 휴대폰만 쳐다보며 입을 다물고 있었다. 그때, 태진의 휴대폰이 울렸고, 태진은 사람들이 다 들을 수 있도록 스피커폰으로 돌려놓았다.

―태진 씨!

"안녕하세요."

―방금 전에 통화하고 무슨 인사예요. 지금 나한테 보낸 거 뭐예요! 이게 뭐예요!

"제가 제안을 드리려고 보낸 영상이에요."

태진은 채이주에게 일어난 일을 천천히 설명했다. 이제는 상황을 알게 된 이종락의 답을 기다릴 차례였다. 그때, 기다릴 것도 없다는 듯 이종락의 큰 목소리가 휴대폰을 통해 들렸다.

─이거 장난 아닌데! 난 지금까지 채이주 똥 연기 한다고 생각했는데! 와, 죽이는데요? 채이주 분위기가 노래를 완전 씹어 먹는데?

"크흠……."

스피커폰이라고 밝히고 대화를 했어야 했다. 이종락은 상기된 목소리로 말을 이었다.

─완전 좋은데요?

"괜찮으세요? 이 부분만 티저로 공개하면 어떨까 하는데요."

─우리야 완전 땡큐죠! 뮤비야 제작비 때문에 신인도 쓰는데 이렇게 유명한 배우를 쓰게 됐는데 그것도 공짜로! 공짜 맞죠?

"그렇죠. 정식 티저가 아니니까요. 허락해 주시면 준비는 저희가 하고 일정도 전달해 드리겠습니다. 허락해 주시는 건가요?"

─허락은 무슨. 그리고 이거 우리 노랜데 우리 채널에 올려야죠. 이거 뭐 제작 팀에 보내면 바로 될 거 같은데요? 안 그래도 언제 신곡 나오냐, 언제 새로운 커버 올라오냐! 그런 문의 때문에 골치 아픈데 한시름 놓게 생겼네.

"그럼 해 주시는 거죠?"

─그럼요! 당연하죠! 태진 씨가 골라 준 거면 그게 뭐가 됐든 해야죠. 아, 너무 예쁜데 너무 짠하다. 채이주 완전 달라 보이네.

영상을 계속 보고 있는 모양이었다. 태진은 웃음을 참고 채이

주를 봤다. 그러자 채이주도 기분이 한결 나아졌는지 편안한 미
소를 짓고 있었다.

"그럼 티저가 올라오면 좀 뒤늦게 '라이브 액팅'에서 영상이 공
개될 거예요."

—그래요? 그건 안 했으면 좋겠는데. 그때까지 우리가 꿀 빨
게. 그래도 그건 좀 힘들겠죠? 아무래도 라이브 액팅 영상이니
까? 아, 기가 막힌다. 지금 막 우리 직원들 감탄하고 난리 났어
요. 아, 그럼 저희 MTV하고 조율하고 할 거 없나요?

태진은 PD를 물끄러미 쳐다봤다. 그러자 PD가 뭔가 아쉽다
는 표정으로 고개를 끄덕거렸다.

"조율할 건 없어요. 그냥 티저 영상 공개로 올리시면 될 거 같
아요. 그리고 나머지 일정은 변하는 거 없이 방송 공개 되는 날
정식으로 음원 공개되고 참가자들이 참여한 영상으로 뮤직비디
오가 공개될 거고요."

—아, 아까운데. 채이주만 나왔으면 좋겠는데요!

"그건 저희가 곤란해요."

—아이, 다 알죠. 농담이에요.

"제가 보낸 영상 말고 더 깔끔한 영상 바로 보내 드릴 거예요.
확인하시고 연락주세요. 얼마나 걸릴까요?"

—뭐, 바로 될 거 같은데요. 따로 구간 정할 것도 없이 태진 씨
가 정한 이 부분으로 올리면 되잖아요. 은수 목소리가 코러스로

들리는 게 아쉽기는 한데 겨울이 목소리도 좋으니까 문제 될 건 없어요. 영상만 받아서 바로 작업하면 아마 저녁? 그쯤 될 거예요.

"괜히 저 때문에 부장님 문제 생기고 그런 건 아니죠?"

ー무슨 그런 말씀을 하세요. 저 라온 A&R 팀 책임자예요. 그리고 이미 완성하고 공개를 기다리는 시점에 오히려 환영이죠. 그런 걱정은 넣어 두시고! 잘 부탁드립니다!

숨을 죽인 채 대화를 듣던 대기실의 모든 사람들이 태진을 봤다. 도대체 뭘 어떻게 했길래 한국에서 가장 유명한 가수 기획사의 부장이 무한한 신뢰를 보내는지 궁금해하는 표정들이었다. 그리고 통화를 마친 태진은 자신을 보고 있는 사람들 중 가운데에 있는 채이주를 쳐다봤다. 그러고는 아까 필이 알려 준 대로한 손으로 반대쪽 어깨를 주무르며 말했다.

"사람들이 아직 예전의 이주 씨만 기억해서 그러는 거 같아요. 얼마나 열심히 노력하고 있는지 잘 몰라서 그러는 거니까 영상 공개되고 나면 다들 인정해 줄 거예요. 그러니까 너무 신경쓰지 마시고 오늘 남은 촬영 잘하셨으면 좋겠어요."

다들 문제만 해결하려 했지 채이주에게 위로를 하거나 응원을 한 사람이 아무도 없었다. 그래서인지 태진의 위로와 응원을 들은 채이주는 억지로 짓고 있던 미소를 거두었다. 대신 양손을 들어 얼굴을 가린 채 소리 내 울기 시작했다.

"흐흐흑."

다들 순서가 잘못됐다는 걸 느꼈는지 아무런 말 없이 고개를 돌렸다. 배우를 케어하는 매니저 또한 자신이 하지 못한 일을 태진이 해 준 것에 대한 것이 고마웠는지 고개를 숙여 인사했다.

*   *   *

스튜디오에 들어선 태진은 채이주의 상태를 살폈다. 아무렇지 않은 척하고 있지만, 어떤 사람이라도 채이주와 같은 일을 겪는다면 마음이 힘들 것이었다. 하지만 촬영이 아직 남아 있었기에 태진은 혹시나 실수할 수 있을지도 모르는 상황을 대비해 필에게 채이주에게 생긴 일을 설명했다. 많은 배우들을 겪어서인지 필은 고민도 하지 않고 입을 열었다.

"그건 스크린에 사는 사람들의 숙명 같은 거죠. 잘하면 칭찬을 받는 거고, 잘못하면 욕을 먹는 거고."

위로의 말을 해 줄 거라 기대했는데 전혀 아니었다. 가뜩이나 힘들어하고 있는 채이주에게 이걸 말을 해 줘야 하나 고민할 때, 필의 말이 이어졌다.

"얼굴도 모르는 사람들에게 욕을 먹는 게 스트레스가 엄청나겠죠. 그래도 그 사람들은 그럴 권한이 있어요. 돈을 내고 봤는데 마음에 안 들면 뭐라고 할 수 있는 거잖아요. 식당에서도 맛없는 음식을 먹으면 한마디씩 하잖아요. 그런 거죠."

"필 씨, 조금 힘들어하시는데 그런 건 나중에 말씀해 주셔도 될 거 같아요."

"현실을 받아들이라는 거예요. 그래야 덜 힘드니까. 그리고 채이주는 걱정하지 않아도 돼요. 지금까지 어떤 연기를 펼쳤든 간에 이제부터 채이주가 하는 연기를 본 사람들은 전부 칭찬을 할 겁니다. 그리고 그게 쌓이고 쌓이면 직접 채이주가 나온 작품을 찾아보게 되겠죠. 맛있는 식당을 찾아가는 것처럼 말이죠. 내가 보기에는 그럴 만한 배우가 될 수 있을 것 같고요."

태진은 필이 한 말을 빠짐없이 채이주에게 전달했다. 채이주는 부끄러운지 가볍게 고개를 숙여 대답을 대신했다. 아마 할리우드에서 내로라하는 배우들을 가르친 지도자가 인정을 해서인지 기운이 나는 듯 보였다. 그런 채이주는 태진을 힐끔 쳐다보더니 민망해하는 표정으로 속삭였다.

"죄송해요."

"뭐가요?"

"제 일 해결하느라 이리저리 알아보신 거요."

"아니에요. 아까 보셨던 게 제가 한 거 전부예요."

"그래도요. 번거롭게… 아무튼 정말 미안하고 고마워요. 그리고… 아까 저 운 건 그게……"

태진은 머뭇거리는 채이주의 모습을 가만히 바라봤다. 연예인들이 공황장애를 겪는다고 하는 게 이해되고 있었다. 하루에도 수천 번씩 얼굴도 모르는 사람들에게 욕을 먹는데 멀쩡하게 버티는 게 더 용했다.

"말씀 안 하셔도 돼요. 다 잘될 거예요."
"……."
"지금은 촬영에 신경 쓰세요. 끝나고 나면 아마 바뀌어 있을 거예요."

그때, 촬영이 다시 재개되었고, 채이주는 필과 태진의 위로 덕분인지 힘을 내는 듯 보였다. 그렇게 탈락자들이 정해지는 걸 끝까지 지켜보고 촬영을 마무리 지었다.

채이주는 촬영이 끝나자 아직 남아 있는 참가자들과 식사라도 할 생각이었는지 매니저에게 참가자들을 불러 달라고 했다. 그러자 매니저가 고개를 저었다.

"오늘만 있는 게 아니에요. 오히려 저 친구들도 긴장해서 피곤하니까 내일 식사를 하는 게 더 나을 거 같은데요."
"그래도요. 다른 팀은 다 밥 먹으러 갔는데 우리만 집에 가면 이상하잖아요. 불러 주세요."
"내일 드세요. 이미 다 실장님이 얘기해 둔 상태예요."

"실장님도 오셨어요?"

"그럼요! 우리 MfB 배우가 이주 씨뿐이잖아요. 유일무이한 MfB 배우! 아무튼 오늘은 바로 들어가서서 쉬시고, 내일 할 게 엄청 많아요. 멀티박스에서도 촬영 스케줄 보낸 거하고 라이브 액팅하고 같이 조율해야 되고 그래서 엄청 바쁠 거예요. 그리고 바로 촬영도 들어가셔야 되니까 오늘은 그냥 푹 쉬세요."

채이주도 힘이 든 모양인지 고개를 끄덕거렸다. 그러던 채이주가 갑자기 태진을 쳐다봤다.

"회사로 가시죠?"

"네."

"저 그쪽으로 가는데 회사까지 같이 가 주시면 안 돼요? 혹시… 라온에서 영상 올라왔을 때 잘못될 수도 있을 거 같아서요……."

채이주는 아직 불안함이 가시지 않았는지 태진에게 함께 가 달라 부탁했다. 그 부탁에 태진은 잠시 고민되었다. 그녀가 불편한 건 아니었다. 다만 타고 온 자신의 차를 가지러 ETV에 다시 와야 한다는 번거로움이 있었다. 잠시 고민하던 태진은 알았다는 듯 고개를 끄덕거렸다.

*　　　　*　　　　*

막상 채이주의 차에 타니 불편해도 너무 불편했다. 앞에 운전을 해 주는 매니저가 있기는 했지만, 분위기 자체가 너무 무거웠다. 사적인 공간이어서인지 채이주는 그동안 억지로 짓고 있던 미소를 지우고 걱정이 가득한 표정으로 휴대폰만 쳐다보고 있었다.

"사람들이 뭐라고 하는 거 일일이 보지 않으시는 게 좋을 거 같아요."
"나도 아는데… 자꾸 보게 돼요……."

채이주가 사람들의 반응을 볼 때마다 분위기는 점점 무거워졌다. 그러다 보니 라온의 연락을 눈이 빠지도록 기다리는 중이었다. 그때, 태진의 휴대폰이 울렸다.

"네! 부장님!"
─올라갔어요! 와, 아주 기가 막혀요. 이걸 어디서 만들었냐고 지금 우리 회사에서 난리도…….
"죄송한데 제가 보고 다시 연락드릴게요."

이종락 부장의 말을 중간에 끊어 버린 태진은 곧바로 채이주에게 말했다.

"올라왔다네요."

채이주는 긴장되는지 한숨을 크게 뱉었다. 그러고는 들고 있던 휴대폰으로 검색을 했다. 그러고는 혼자 입을 다물고 화면을 보기 시작했다.

채이주가 혼자 보는 탓에 태진도 자신의 휴대폰으로 확인을 해야 했다. 뭔가 어색한 느낌이었지만, 오히려 따로 보는 게 편하긴 했다. 태진도 바로 검색을 해서 Y튜브 라온의 채널에 들어갔다. 그러자 이번에도 메인에 Solo의 티저 영상이 올라와 있었다. 총길이가 30초인 영상이었다. 태진도 궁금한 마음에 영상을 클릭했다. 그러자 모든 라온의 가수들의 영상에 나오는 라온의 로고가 나왔다. 로고가 나오는 장면이 오늘따라 길게 느껴진다 생각할 때, 화면에 채이주가 나오기 시작했다.

'와······.'

몇 번을 본 영상이었다. 그럼에도 매번 같은 감탄사를 뱉게 만들었다. 거기다 완성되어 있는 노래까지 가미가 되자 채이주의 연기가 더욱더 빛나 보였다. 바로 옆에 있는 사람이라는 생각이 들지 않았고, 이런 사람이 도대체 왜 발 연기 한다는 말을 들어야 하는지 이해가 되지 않을 정도였다. 태진도 예전엔 채이주의 연기를 별로라고 생각했는데, 그 모든 것을 몽땅 잊어버리게 할 정도였다.

'이 정도면 다들 인정하겠네.'

태진은 채이주가 어떻게 봤을지 궁금한 마음에 조심스럽게 옆을 쳐다봤다. 그러자 어째서인지 심각한 표정을 짓고 있는 것이 보였다.

"마음에 안 드세요?"
"아니요··· 마음에는 드는데······."
"그럼 왜 그러세요?"
"댓글은 많이 달리는데 한국어로 된 댓글이 아직 없어서요······."
"이제 막 올라와서 그런 걸 거예요."

라온이 빌보드 1위를 한 '후'를 보유한 기획사이다 보니 세계적으로 관심을 받고 있었다. 그래서 댓글들 대부분이 다른 나라 언어로 되어 있었다. 그래도 보는 눈이 있다면 채이주의 연기에 대한 얘기가 있을 것이기에 태진은 댓글을 읽어 줄 심산으로 스크롤을 내렸다. 그리고 가장 위에 있는 댓글이 보였다. 올라오고 바로 봤음에도 수많은 댓글이 달려 있었는데, 그중에 또 익숙한 프로필 사진이 가장 많은 추천 수를 받고 있었다.

"에이바가 댓글 남겼어요."
"네?"
"빌 러셀 씨 딸 에이바요. 다즐링 광팬인 건 아시죠?"
"알죠! 뭐라고 남겼는데요?"
"이 사람 만나러 다즐링이 왔었구나. 그때도 봤는데 연기 잘했다고 그러네요."

"이 사람……."

"아, 의역하면 이 누나, 아니, 언니 같은 느낌이에요."

채이주는 가장 추천을 많이 받은 댓글이 칭찬이라는 것에 기분이 조금 풀렸는지 살며시 웃었다. 그 모습을 본 태진도 입술을 씰룩거릴 때, 에이바의 댓글이 다시 눈에 들어왔다. 순간 생각하지 못했던 일이 떠올랐다.

'오… 좋다. 연기 논란 덮으려고 라온하고 계획적으로 티저 영상 내보냈다는 말은 안 들어도 되겠네.'

에이바가 오해를 해 남긴 댓글이었지만, 지금 상황에는 도움이 되고 있었다. 전에도 다즐링이 올린 영상에서 아는 형을 만나러 온 거라는 말을 했었기에 그사이에 채이주가 끼어 있는 셈이 되었다. 에이바의 댓글 덕분에 트집 잡힐 일을 사전에 차단한 셈이 되었다.

"다른 댓글은요……?"

"아! 잠시만요. 이건 왜 은수 목소리가 없다는 얘기고요. 이것도… 듀엣이냐는 질문이고……."

얘기하다 보니 채이주에 관한 얘기가 거의 없었다. 다즐링 팬답게 대부분이 은수에 대한 얘기였다. 간혹 예쁘다는 말이 있긴 했지만, 연기에 대한 얘기는 거의 없었다. 태진은 채이주가 또 침울해질까 봐 한국어로 된 댓글을 찾기 위해 새로고침을 했다. 한국인이라면 채이주를 단번에 알아볼 것이었다.

한참을 뒤적거릴 때, 처음으로 한국어로 된 댓글을 발견했다. 아니나 다를까 채이주를 알아보고 남긴 댓글이었다. 댓글을 두 번 세 번 확인한 태진은 채이주에게 휴대폰을 내밀었다.

"이거 읽어 보세요."
"뭔데… 아…….."

채이주는 말없이 휴대폰을 뚫어져라 쳐다봤고, 태진은 그런 채이주의 모습을 보며 안도의 한숨을 뱉었다. 그때, 운전을 하던 매니저가 입을 열었다.

"팀장님! 저도 좀 알려 주세요!"
"네? 저요?"
"여기 팀장님밖에 없잖아요."
"저 팀장 아닌데요?"
"지원 팀 팀장님이시잖아요. 다 들었는데. 아무튼 뭐라고 그래요? 다들 칭찬 엄청 하죠?"

갑자기 듣게 된 팀장이라는 호칭에 민망해하며 방금 전에 본 댓글을 읽어 주었다.

"개소름. 채이주 때문에 노래가 안 들림."
"네? 그거 좋은 뜻이죠?"

태진도 혹시나 해서 몇 번이나 댓글을 확인한 것이었다.

"좋은 뜻이에요. 그 댓글에 사람들이 또 댓글 달았는데 다들 칭찬하고 있어요."
"뭐라는데요! 아, 궁금해."

그때, 채이주가 계속 읽어 주라는 듯 태진의 휴대폰을 돌려 주었고, 태진은 속으로 웃으며 휴대폰을 받았다. 그러고는 대댓글을 읽기 시작했다.

"채이주 배경음 같은 느낌이네, 존엑스 쪽팔려."
"존엑스가 뭐예요."
"어, 존나 같은데요? 그냥 자체적으로 묶음 처리 한 거예요. 아무튼 존나 쪽팔려. 학교에서 이거 보다가 나도 모르게 따라 하고 있는 거 썸남한테 들킴. 뉴뉴."
"푸하하. 그럴 수 있지! 또 있어요?"
"엄청 많아요. 감정이입 지대로다. 채이주 재발견이다. 연기 짬밥을 똥꼬로 먹은 게 아니었구나. 전 남친 개xx 생각나게 하네… 나도 저랬었는데… 신발… 사랑했다."

최대한 실감 나도록 욕까지 빼놓지 않고 읽어 주었다. 아마 새로고침을 하게 되면 이 댓글을 찾기가 힘들어서 그렇지 찾기만 하면 더 많은 대댓글이 달려 있을 것이었다. 그때, 매니저가 웃으며 말했다.

"내가 뭐라고 그랬어요. 다 잘될 거라고 그랬잖아요. 이 정도면 유머사이트 같은 데 다 퍼 가고 그랬겠는데요. 난리도 아니겠네!"

"아, 거기서 보면 한국어만 볼 수 있겠구나."

수위가 센 댓글들이 Y튜브보다는 많았지만, 확실히 보기는 편했고 반응을 바로 알 수도 있었다. 그때, 태진의 휴대폰이 울렸다. 전화를 건 사람은 곽이정이었다.

"네, 팀장님."

―수고했어요.

"네? 아, 네. 고생하셨습니다."

인사나 하려고 전화를 할 사람이 아니었다. 태진은 의아한 표정으로 곽이정의 말을 기다렸다. 아니나 다를까 곽이정이 입을 열었다.

―오늘 11시에 채이주 씨 영상 Y튜브, 파이온TV, 초콜릿TV에 선공개로 올라갈 겁니다.

"방금 올라왔는데 벌써 결정 났어요?"

—네. 잘될 거라고 판단된 모양입니다. 수고했어요. 그럼 계속 수고하고요.

PD도 계속 관심을 두고 있었던 모양이었다. 이렇게 반응을 바로 보일 줄은 몰랐기에 약간 당황하긴 했지만, 채이주의 영상이 많으면 많을수록 도움이 되기에 환영할 만한 일이었다. 태진은 입술을 씰룩거리며 채이주를 바라봤다.

*   *   *

다시 방송국에 가서 차를 가져오느라 태진은 늦은 밤이 되어서야 집에 왔다. 하지만 집에서도 태진의 일은 끝나지 않았다. 곽이정이 있는 1팀에서 수시로 전화가 걸려 와 변해 가는 상황을 알려 주었다. 거기에 채이주까지 직접 연락을 해 왔기에 늦은 식사도 제대로 할 수가 없었다. 어머니는 식사를 하면서도 통화를 이어 나가는 태진이 안쓰러운 모양이었다.

"매일 그렇게 바빠서 어떻게 해."
"요즘 일이 있어서 그래요. 괜찮아요."
"그래, 우리 태진이가 인정받아서 많이 찾는 걸 거야. 그래도 너무 무리하지는 마. 첫째도 건강, 둘째도 건강이야."

언제나 그랬듯이 칭찬을 해 주었다. 곽이정처럼 다른 의도가 숨어 있는 칭찬이 아니었기에 태진은 기분 좋게 고개를 끄덕거렸다. 그때, 옆에서 지켜보던 태은이 입을 열었다.

"큰형, 진짜 채이주하고 전화까지 할 정도로 친해? 작은형이 매일 같이 있다고 그랬는데 진짜야?"
"요즘 같이 있는 건 맞는데 친한 거 같기도 하고."
"진짜?"
"일 때문에 계속 있으니까 좀 친해지긴 했지."

예전에 태민이에게 몇 가지 부탁을 했었는데 그때 일을 들은 모양이었다.

"와… 소름. 형, 나 그럼 채이주하고 영통 한 번만 시켜 줘라."
"영상통화? 그 정도는 아니야. 그냥 일 때문에 친해진 거지 그런 부탁할 정도는 아니야. 그런데 너 채이주 씨 팬 아니었잖아."
"형수님이잖아!"
"아니라니까. 너 어디 가서 그런 말 하면 큰일 나."
"농담이지. 어쨌든 형이랑 영통 할 때 보고 예쁜 건 알았는데 오늘 뮤비 올라온 거, 그거 완전 쩔더라."
"봤어?"
"어! 진짜 달라 보이던데? 예전에 형이랑 영통 할 때 그땐 좀 웃겼는데 지금은 완전 다른 사람 같아. 보고 있는데 막 아련한 느낌. 오죽하면 작은형이 그거 계속 보고 있더라니까. 평소에는 노래도 안 듣는 사람이."

태민은 민망해하며 급하게 입을 열었다.

"난 형이 노래 골라 주고 한 거니까 모니터해 준 거지."
"어? 뭘 노래를 골라 줘?"
"채이주 뮤비 그거 형이 골라 준 거야. 몰랐어?"
"진짜? 큰형 진짜야?"
"너 맨날 겜만 처하고 있으니까 모르지."

동생들의 투덕거림에 태진은 입술을 씰룩거렸다. 한겨울과 은
수에게 미안하지만, 태민이 했던 말처럼 사람들에게는 채이주 뮤
비라고 불리는 중이었다.

"그럼 큰형 장난 아니겠다. 막 보너스 엄청 받고 그런 거 아니
야?"
"그런 건 아니야. 그냥 같이 일하면서 겹쳐진 거라서."
"왜, 달라고 그래. 그것 좀 받아서 컴퓨터 좀 한 대 사자. 작은
형 좋은 컴에서 글 쓰게."
"왜? 컴퓨터 이상해?"

태민은 어이가 없다는 듯 실소를 뱉었다.

"애 말 신경 쓰지 마. 게임하려고 그러는 거야."
"아니야! 작은형이 맨날 컴퓨터에 앉아 있으니까 기왕이면 좋

은 거 있으면 좋겠다는 거지!"

"내가 쓰는 건 한글밖에 없는데 그 말 하려고 막 200만 원짜리 컴퓨터 보고 있었냐?"

"요즘 얼마나 비싼데! 채굴하는 놈들 때문에 개비싸. 아무튼 기왕이면 좋은 컴에서 써야지 더 잘 쓸 거 아니야."

"명필이 붓 가리는 거 봤어?"

"자기 입으로 자기 명필이래. 오우 개쩔어."

태진은 소리까지 내어 웃고는 태민에게 물었다.

"글은 잘 쓰고 있어?"

"그냥 준비 중이야. 한 30회 정도 쓰긴 했어."

"그래? 많이 쓴 거 아니야? 어디에 올린 거야?"

"아니. 그냥 많이 써 보고 고치면서 올리려고."

예전에 올린 글도 인기를 얻지 못했지만, 경험은 쌓인 모양인지 전과 다르게 준비를 하는 듯했다.

"준비도 많이 하고 그러니까 잘될 거야."

"엄마랑 똑같은 소리 하네."

"엄마도 그랬어?"

"형도 엄마 알잖아. 칭찬만 해 주는 거. 아무튼 형 안 바쁠 때 한번 봐 줘. 형은 그나마 잘 알 거 같거든. 지금 말고 안 바쁠 때."

"어! 그럴까? 지금도 틈틈이 보면 돼. 바로 보내 줘 봐. 궁금하다."

보통 가족들에게 자신이 쓴 글을 보여 주는 게 민망할 텐데 태진에게 봐 달라고 하는 걸 보면 많이 걱정이 되는 모양이었다.

"와! 차별하네! 이거 엄연히 형제 차별이야! 내가 보자고 하면 주먹질하면서!"

"넌 자꾸 개소리하니까 그러지."

"와… 진짜 뭘 몰라. 큰형도 엄마 스타일이야. 무조건 잘했다고 할걸?"

"네가 뭘 모르지. 큰형 요즘 무슨 일 하는지나 아냐? 뭐 하나 고르는데 엄청 신경 쓰니까 나도 객관적인 평가 받아 보려고 부탁한 거야."

"큰형이 뭔 일 하는데?"

"넌 그냥 게임이나 해."

여전히 자신의 몸 상태를 신경 쓰는 태민과는 늦게 들어와도 조금씩이라도 대화를 했었기에 현재 상황을 알고 있었다. 그런 태민이 말하고 있는 건 아마도 다즐링의 신곡에 관한 것 같았다. 그리고 보니 이제 시간이 얼마 남지 않았다. 그때, 마치 자신의 생각을 읽기라도 한 듯 이종락에게서 전화가 걸려왔다.

"저 먼저 들어가 볼게요. 너희들도 들어가서 쉬어."

급하게 방으로 들어온 태진은 바로 전화를 받았다.

―태진 씨, 쉬는데 미안해요! 다름이 아니라 혹시 몰라서 몇 곡 더 보냈어요.

"네, 확인할게요."

―어우, 엄청 보내서 미안해요. 그런데 예상치도 못하게 갑자기 엄청 관심을 받아 가지고 우리도 지금 막 난리도 아니에요. 아마 우리뿐만이 아닐걸요? 지금 라이브 액팅도 난리 났을 거예요.

"저도 들었어요."

―이건 뭐 활동도 없이 그냥 태진 씨 부탁으로 듀엣곡 낸 건데 아주 뭐 정규 컴백보다 더 관심을 받고 있어요. 라이브 액팅에서 여기저기 올려 대니까 저절로 홍보까지 되는 중입니다. 하하. 태진 씨 덕분에 생각지도 못하게 1위 하게 생겼어요.

"1위요? Y튜브 인기 동영상이요?"

―거긴 음악 부분에 이미 올라가 있고, 제가 말하는 건 음원 내놓으면 무조건 1등이라는 소리죠. 이 정도 관심이면 무조건입니다. 하하하. 이제 이 기세를 몰아 다즐링 애들 컴백만 제대로 하면 A급 그룹으로 완전 자리를 잡는 거죠. 아! 부담 주려는 건 아닙니다! 하하.

부담이 안 될 수가 없었다. 사람들의 관심을 바라고 일을 계획한 건 맞지만, 생각보다 더 큰 관심을 보이고 있었다. 그러다 보니 어떤 곡을 골라야 할지 부담이 됐다. 이젠 예전에는 한 번도 기다린 적 없는 두통이 생기길 기다리기까지 할 판이었다.

*   *   *

다음 날. 라이브 액팅의 PD와 통화를 마친 곽이정은 어이가 없었다. 채이주의 연기력 논란을 예상하지 못한 건 아니었지만, 사람들의 반응이 너무 거칠었다. 학폭 논란으로 관심이 모여 있는 가운데 자신들이 생각하지 못한 채이주의 이름이 나오자 마치 채이주 역시 학교 폭력을 행사했다고 생각하는 듯 채이주에게도 공격적이었다. 아마 채이주뿐만이 아닐 것이었다. 만약 다른 사람이 캐스팅되었더라도 채이주와 마찬가지로 공격적으로 대했을 것이다.

그렇다 보니 시간이 약이라고 생각하고 기다리는 선택을 할 수도 있었다. 하지만 채이주는 지금 라이브 액팅의 심사 위원이었다. 잘못하면 라이브 액팅에까지 피해가 갈 수도 있는 상황이라 서둘러 해결을 해야 했는데 딱히 방법이 없었다.

물론 채이주의 연기가 발전한 것은 직접 봤기에 알 수 있었지만, 극히 일부분이었기에 지금 당장 연기력을 증명하기가 어려웠다. 그래서 생각해 낸 것이 참가자들을 가르치는 장면을 공개하자는 것이었는데 거절을 당해 버렸다. 그 수 말고는 딱히 방법이 없었기에 무작정 매달리고 있을 때, 태진이 해결책을 내놓았다.

태진의 해결책은 자신이 생각한 것에서 한 발 더 나아간 방법이었다. 그것만 해도 기가 막힌데 일을 추진하는 것은 더 기가 막혔다. 신뢰를 얼마나 쌓았는지 라온의 담당자가 태진의 말이라면 껌뻑 죽는 시늉까지 할 것처럼 느껴졌다.

'하아……'

그러다 보니 태진이 자신의 팀에 오지 않은 것이 너무 아쉬웠다. 반드시 1팀으로 와서 사다리 역할을 해 줄 거라고 믿고 있었는데 예상치 못하게 혼자 팀을 꾸려 버렸다. 처음엔 후회하게 만들기 위해 모든 일에서 배제해 고립시킬 생각이었는데 필과 채이주 때문에 시작부터 꼬였다. 이젠 고립시킬 수도 없는 상황이다 보니 아쉬움만 더 커져 갔다. 그때, 1팀 직원이 헛웃음을 뱉으며 말했다.

"장난 아닌데요? 이거 완전 대박이에요. 인기 있는 커뮤니티들에 계속 동영상 올라오고 있어요. 그것도 자기들이 알아서 올리네요."

곽이정도 이미 알고 있었다. 그것 때문에 라이브 액팅 PD와 통화를 한 것이었다.

"완전 저희까지 칭찬하는데요? 채이주 MfB 가더니 변신했다고 그러더라고요. 채이주 캐리라고 그러고, 음원 나오지도 않았는데 반응이 장난 아니에요. 지금 실검만 봐도 다 채이주하고 관련된 거예요. 채이주, 라이브 액팅, Solo, 다즐링 은수, 신품별.
다 채이주예요."

태진의 계획 하나로 검색 사이트가 완전히 채이주로 도배되고
있었다. 그래서인지 라이브 액팅에 참가한 다른 기획사들도 PD에
게 요청을 한 모양이었다. 오디션은 대중들의 공감도 중요했다. 그
리고 사람들이 이미 채이주에게 호감을 느끼는 이상 이젠 채이주
가 무슨 말을 하더라도 동조할 수 있다고 판단했는지 서둘러 자
신들의 영상도 올려 달라는 요청을 했다고 들었다. 하지만 이제
와서 올린다고 딱히 달라지는 건 없었다. 이미 격차가 너무 크게
벌어진 상태였다.

"이거 라이브 액팅 방송 나가면 채이주 씨 완전 호감 되겠어
요. 그동안 참가자들한테 물도 마시라고 하고 이상한 평가 할
때 좀 그랬는데 지금 보면 시청자들 완전 좋아하겠는데요."
"그렇겠군요."

물론 아직까지 욕을 하는 사람들도 있었지만, 지금은 채이주
를 대신해 그런 사람들과 싸우는 사람까지 생겨나고 있었다. 하
루 만에 신드롬을 일으키는 것처럼 보였다. Y튜브에는 채이주가
등장하는 장면으로 한 시간짜리 영상을 만든 것도 수두룩했다.
그리고 상황을 이렇게 만든 사람이 다름 아닌 태진이었다. 곽
이정은 옆에 놓인 메모지에 태진을 적어 두고 계속 동그라미를
치고 있었다. 그때, 평소 왕래가 없던 4팀장이 들어왔다. 그리고

는 뭔가를 찾는 듯 기웃거리는 모습에 곽이정이 먼저 인사를 건넸다.

"안녕하세요."
"아, 네. 안녕하세요."
"뭐 찾으시는 거 있으세요?"
"아! 한태진 씨 연락이 안 돼서요. 혹시 여기 있나 해서요. 지원 팀 사무실이라도 좀 만들어 놓든가. 이거 뭐 통화가 안 되면 찾을 수가 있어야지. 혹시 어디 갔는지 모르시죠?"

태진이 있는 곳이야 뻔했다. 아마 지하 연습실에 있을 것이었다. 알려 주려던 곽이정의 눈빛이 순간 반짝거렸다. 그러고는 이내 모르겠다는 듯 고개를 저었다.

"저도 모르겠습니다. 그런데 왜 찾으세요?"
"저희 이번에 MBS 전속 섭외 팀으로 지원하는데 태진 씨 의견 좀 들어 보려고요."
"그렇군요. 전 어디 있는지는 모르겠네요."
"어디 나갔나? 전화는 왜 안 받는 거야. 우리한테 전화가 생명인데! 아무튼 실례했습니다."

4팀장 스미스가 돌아가자 곽이정은 메모지를 빤히 쳐다봤다. 생각해 보니 지원 팀에 갔다고 해서 크게 달라지는 건 없었다. 곽이정은 씨익 웃더니 마지막으로 크게 동그라미를 친 뒤 팀원들을 향해 말했다.

"지금 업무들 저한테 다 보내 주세요. 다시 분배하겠습니다."

다들 의아한 표정으로 곽이정을 쳐다봤지만, 곽이정은 팀원들의 반응이 보이지 않는지 피식거리며 웃고만 있었다.

'다른 팀을 지원 못 하게 하면 되겠군.'

제3장

—

플레이스

태진은 가만히 앉아 연습실에 모인 참가자들을 지켜봤다. 이곳에 오래 있다 보니 연습실이 편하기도 했고, 딱히 지원 팀 사무실이라고 불릴 만한 곳도 없었다. 회의실을 사용하라고 했지만, 다른 팀이 들어오면 자리를 비켜 줘야 하는 번거로움이 있었다.

다들 연습이라도 하고 있으면 신경이 쓰일 텐데 아직 어제 스튜디오 촬영의 여운과 인터넷에 화제인 채이주의 얘기를 하느라 정신없었다.

"전 실제로 보는 게 더 좋은데. 실제로 보면 눈동자가 막 떨리는 것처럼 보이는데 그런 느낌도 없고, 테이블 밑에서 손 꼼지락대는 것도 안 보이고."

"난 영상이 더 좋던데. 오히려 이주 쌤한테 집중이 되니까 나도 몰입이 되더라고."

"지금 뭐가 좋다 따질 때가 아니야! 이제 방송 나가면 우리가 한 거랑 비교될 텐데 뭐라고 그럴지 벌써부터 걱정이다."

"에이! 이주 쌤은 배우고, 우리는 배우 지망생이고! 그런데 진짜 이주 쌤 팀으로 오길 잘한 거 같지 않아?"

탈락한 하영이 빠지고 난, 세 명의 참가자들 모두가 고개를 끄덕거렸다. 처음에 팀에 왔을 때의 갈 곳이 없어 온 것 같은 얼굴들과는 180도 달라져 있었다. 그런데 정작 당사자인 채이주는 얼굴을 볼 수가 없었다. 태진은 그 점이 약간 걱정되었다.

지금도 참가자들에게 피해를 주지 않게 촬영 스케줄을 조절하는 중이라 이곳에 없었다. 하지만 아무리 조절을 한다고 해도 '신품별'의 재촬영을 하기에도 시간이 빠듯할 것이었다. 아마도 전처럼 계속 붙어 있을 수는 없어 보였다. 그렇게 되면 당연히 이번 라이브 액팅의 미션에도 영향을 줄 수 있었다.

미션에 대해선 태진도 알고 있었다. 이번 미션은 연기 경력이 있는 팀과 신인인 팀 모두가 함께 캠페인 영상을 만드는 팀 미션이었다. 다만 MfB로만 진행이 되는 것이 아니라 다른 기획사와 합작을 한다는 점이 이전과는 달랐다. MfB의 3명이 플레이스로 가고, 숲 엔터의 3명이 MfB로 오게 되는 방식이었다. 뒤죽박죽 팀원들이 섞이는 방식이었고, 심사 위원들도 옮겨 다니며 지도를 할 예정이었다. 그러다 보니 채이주의 스케줄상 소화하기가 어려운 미션이었다.

라이브 액팅에서만큼은 채이주가 보호자나 다름없는데 자칫

하면 다른 팀원들은 보호자가 없는 상태로 미션을 진행해야 할 수도 있었다.

'음, 회사에 배우가 한 명뿐인 것도 문제구나.'

기존 오디션에서도 담당 멘토들에게 스케줄 문제가 생기면 대타로 유명한 사람들이 나와 그 자리를 대신했다. 하지만 MfB에서는 그럴 만한 사람이 없었기에 데려오더라도 외부에서 데려와야 했다.

태진은 참가자들을 물끄러미 봤다. 경력 있는 참가자들 쪽에서 2명, 이곳에서 한 명을 보내 균형을 맞춰야 했다. 남은 세 명중 다른 기획사로 가도 잘할 수 있을 것 같은 사람은 한 명뿐이었다. 바로 최정만이었다. 배우는 대로 흡수해 자기 것으로 만드는 최정만에게는 여러 사람에게 배울 수 있는 이번 미션이 오히려 기회가 될 수도 있었다.

'후, 팀장님은 누굴 뽑으려나……'

이번 미션 역시 곽이정의 주도로 진행될 것이었다. 태진은 담당자가 아니다 보니 아무런 권한이 없어 그저 필의 옆에서 보조를 맡고 있었다. 그때, 연습실 문이 열리더니 곽이정이 들어왔다. 마침 곽이정을 생각하고 있던 태진은 흠칫 놀라며 그를 쳐다봤다. 곽이정은 사람들의 인사를 받아 준 뒤 바로 태진을 불렀다.

"태진 씨, 잠깐 나 좀 봐요."

태진은 버릇처럼 곽이정의 표정부터 살폈다. 이번에도 가면을 쓴 것 같은 표정처럼 보였다. 또 무슨 말을 하려고 저러는지 긴장하며 따라나섰다. 복도로 나온 태진은 곽이정의 말을 기다렸다.

"전화는 왜 안 받아요?"
"아! 전화! 배터리가 없어서 충전하고 있었어요."
"그래요?"

계속해서 다즐링의 노래를 찾느라 휴대폰을 사용하다 보니 배터리가 부족해 충전 중이었다.

"보조배터리라도 들고 다니면서 관리해요. 항상 24시간 연락 받을 수 있어야 하는 건 기본이에요."
"네… 죄송합니다."

그때, 곽이정이 들고 있던 서류를 태진에게 내밀었다.

"플레이스로 갈 명단이에요."
"아!"
"그동안의 평가를 토대로 플레이스 가서도 자기 실력을 보일 만한 참가자들로 뽑았습니다."

태진은 명단을 천천히 봤다. 세 명의 이름과 그동안의 평가가 적혀 있었다. 명단에 있는 사람들은 전부 팀 내에서 연기력이 있는 사람들이었다. 혹시 다른 기획사로 가는 사람들을 버리는 카드로 쓸 수도 있다고 생각했는데 전혀 그렇지 않았다. 다만 참가자들의 의도를 묻지 않고 일방적으로 정해 놓은 것이 마음에 걸렸다. 만약 탈락하기라도 하면 원망을 살 수도 있었다.

"아무래도 실력 있는 사람들을 보내서 기를 죽여야 되니까 이게 맞는 것 같더군요. 최정만, 김준수, 김혜연 씨라면 충분히 가능하리라고 봅니다. 세 분한테도 그렇게 설명할 거고요. 쉽게 말해서 특공대죠. 이렇게 설득하면 우리 MfB에 소속감도 생길 테니 더 열심히 하겠죠. 어때요?"

태진은 속으로 헛웃음을 지었다. 참 계획적인 사람이었다.

"저도 괜찮은 거 같아요."

순간 태진은 의아했다. 왜 이걸 자신에게 보여 주는 건지 이해가 되지 않았다. 그때, 곽이정이 웃으며 입을 열었다.

"지금 우리 팀 바쁜 거 알죠?"
"네, 알아요."

"그래서 지원 팀의 지원 좀 받으려고요. 플레이스 가는 거 태진 씨가 담당 좀 해 주세요."

"제가요?"

"네, 그쪽에도 우리 담당자가 있어야 되니까요. 담당은 태진 씨가 하고 우리 팀에서 중간중간 가 줄 거고요. 필 씨한테는 우리가 잘 설명할 겁니다. 마침 올 사람도 있고요."

다즐링의 노래도 찾아야 하는데 갑자기 일이 생겨 버렸다. 그렇다고 지원 팀까지 들먹이며 하는 말이었기에 거절할 수도 없었다. 만약 거절한다면 지원 팀이 있을 이유가 없다고 문제를 삼을 수도 있을 것 같았다. 아주 선택지를 없애는 방법이 기가 막혔다. 타의로 가는 게 걸리긴 했지만, 한편으로는 최정만이 어떤 연기를 펼칠지도 궁금했다.

"언제 가야 되나요?"

"이따 오후에요."

"어, 아직 참가자들한테 전달 안 됐는데요."

"곧 채이주 씨 오고 미션 발표할 거예요."

이미 다 계획이 짜여 있었고, 말한 대로 지원만 해 주면 되는 상황이었다. 다만 어제까지만 하더라도 다시는 안 볼 사람처럼 굴던 사람이 갑자기 변한 이유가 궁금했다.

*　　　　*　　　　*

오후가 되자 태진은 플레이스로 향했다. 참가자들은 회사에서 준비된 차를 타고 먼저 이동했고, 플레이스에서 바로 퇴근을 해야 하는 태진은 자신의 차로 이동했다. 이동 중에도 다즐링의 노래를 듣는 중이었다.

"이건 가사가 왜 이래. 김치볶음밥을 매일 삶어? 이게 뭐야."

처음 들어 보는 외계어 같은 말로 흥얼거리는 노래도 있었고, 지금 듣는 것처럼 말도 안 되는 가사들로 된 노래도 있었다. 심지어는 브랜드들로 만들어진 노래도 있었다. 그래서인지 아니면 어울리는 노래가 없어서인지 좀처럼 다즐링에 어울리는 노래를 찾지 못하고 있었다.

"하아, 큰일이네."

그렇다고 작사를 할 수도 없었다. 한 번도 해 본 적이 없어서 자신도 없거니와 라온에서 보내는 곡 수가 너무 많았다. 태진이 고민을 하는 동안 어느새 플레이스에 도착했다.

"여기 맞는데."

한국에서 가장 큰 배우 기획사이다 보니 규모가 MfB보다 클 줄 알았다. 그런데 실제로 보니 위치도 뒷골목에 있었고, 건물을 통째로 사용하고 있다고는 하나 규모가 굉장히 작았다. 태진은 신기해하며 주차장에 주차를 한 뒤 계단으로 올라갔다.

배우들이 있기에 삼엄한 경비는 아니더라도 어느 정도 경비를 할 줄 알았는데 경비원은커녕 누구 하나 나와 보는 사람도 없었다. 1층 사무실이 통유리로 되어 있어 일부러 앞을 서성거렸는데도 아무런 반응이 없었다.

"어디로 가야 되는 거지."

하는 수 없이 먼저 사무실 문을 열었다. 그러자 한 사람이 태진을 쳐다보며 물었다.

"어떻게 오셨어요?"

"라이브 액팅 때문에 왔습니다."

"기자분이세요? 아! 어, 촬영장에서 본 거 같은데."

"저 MfB 캐스팅 에이전트입니다."

"아, 맞다! 로젠 필 뒤에서 통역하던 분! 모니터로 봤어요. 그런데 MfB에서 방금 왔었는데 따로 오셨어요?"

"네, 전 따로 왔어요. 어디로 가면 될까요?"

"그래요? 잠시만요. 나 나갔다 올 테니까 작가님 오면 안내 부탁해요. 자, 제가 안내해 드릴게요. 가시죠."

직원들에게 지시를 내리는 걸로 보아 꽤 높은 위치에 있는 사람인 듯 보였다. 그런데 안내를 해 준다던 사람이 태진을 데리고 밖으로 나왔다.

"날 참 덥죠?"

"아, 네. 그런데 어디로 가시는지……."

"연습실 가야죠. 바로 옆에 연습실 마련했거든요. 아! MfB는 회사 내에 연습실 있다고 들었는데 맞아요?"

"네, 저희는 지하에 연습실 있어요."

"이야, 역시 이름값 하는구나. 저희는 따로 연습실이 없거든요."

"그럼 어디서 연습을 해요?"

"지금이야 오디션 때문에 연습실이 필요하지, 원래는 연습실이 필요가 없죠."

"아, 그렇구나……."

생각해 보니 이름 있는 배우들이 연습실에 와서 연습하는 것도 이상했다.

"이쪽 일은 처음이에요?"

"네? 아, 네. 신입입니다."

"그렇구나. 저도 비슷한 일 하는 사람이니까 너무 긴장하지 마요. 아! 이번에 신입이면 나도 외부 심사로 면접 도와줬었는데. 별로 좋은 기억은 아니지만. 하하."

별로 긴장하고 있지 않았는데 굳은 표정 때문에 오해한 모양이었다.

"아, 인사를 안 했구나. 저 플레이스에서 실장을 맡고 있는 이창진이라고 해요. 말만 실장이지 회사가 작아서 매니저도 하고 캐스팅 디렉터도 하고 그냥 잡일하는 사람입니다. 하하."

긴장을 풀어 주려고 그러는지 괜히 어색한 웃음을 뱉었다. 그 웃음에서 배려해 주려는 마음이 느껴져 자꾸 들리는 웃음소리가 태진의 입술도 씰룩거리게 만들었다.

"전 캐스팅 에이전트 1… 아니, 지원 팀 한태진이라고 합니다."
"어?"

갑자기 이창진의 걸음이 멈춰 섰다. 그러고는 고개를 휙 돌리고는 태진을 쳐다봤다.

"한태진 씨? 정훈이 형 마음 돌린 분 맞죠?"
"이정훈 배우님이요?"
"네!"
"신품별 말하시는 거면 제가 동료하고 찾아뵌 적 있어요."
"아! 맞네. 와, 그쪽이 한태진 씨였구나. 정훈이 형이 진짜 많이 변했는데! 정말 반가워요."

갑자기 손을 내밀며 악수를 청했고, 태진은 이유도 모른 채

손은 잡았다.

"촬영장에서 보고도 몰랐네. 한태진 씨 2차 면접 때 내가 서류 심사 봤었어요. 그때도 진짜 우리 회사에 왔으면 좋겠다고 생각했었는데! 이렇게 만나네요. 그때 실무 면접에서 배역 정하는 거 봤는데 진짜 인상적이었거든요. 그래서 그거 때문에 곽 팀장하고 대판 싸웠죠."

"곽이정 팀장님이요?"

"같은 팀이에요? 어? 곽 팀장 1팀으로 알고 있는데. 방금 지원 팀이라고 안 했어요?"

"얼마 전에 같은 팀이었어요."

"음, 그렇구나. 아직도 자기보다 잘난 사람 시기하고 그래요?"

아마 곽이정에 대해 묻는 듯했고, 질문 내용만 들어도 별로 좋은 관계는 아닌 듯했다. 그러는 사이 조금 떨어진 곳에 위치한 건물에 도착했다.

"이곳이에요."

2층짜리 건물에 비어 있는 상가를 대여한 모양이었다. 이창진을 따라 올라가자 철문이 보였고, 철문을 열자 사람들이 보였다. 그러자 MfB의 참가자들을 찾을 필요도 없이 먼저 인사를 해 오는 소리가 들렸다. 그다지 가까운 관계가 아니었는데도 지금의 목소리는 어째서인지 너무나 반가워하는 것처럼 들렸다.

"팀장님!"

"한 팀장님!"

그렇게 부르지 말래도 딱히 호칭이 없었기에 편한 대로 부르고 있었다. 그 호칭에 정작 놀란 건 이창진이었다.

"이제 신입인데 벌써 팀장이에요? 말도 안 돼."

"아, 그게 그렇게 됐어요."

"와… 소름 돋는다."

그때, 익숙한 얼굴이 태진의 이름을 불렀다.

태진을 부른 사람은 다름 아닌 이정훈이었다. 어제 마주쳤을 때 라이브 액팅 얘기를 하더니 이런 식으로 만나게 될 줄은 몰랐다.

"와! 왔으면 좋겠다고 생각은 했는데. 태진 씨가 우리 팀에 오는 거예요?"

"안녕하세요."

"반가워요."

이정훈은 어제도 반갑게 인사하더니 오늘도 부담스러울 정도로 반갑게 맞이해 주었다. 이정훈은 MfB의 참가자들을 보더니 씨익 웃으며 말했다.

"역시 태진 씨는 뭐가 좀 다르네요."

"네?"

"저 친구들 태진 씨 오니까 이제야 웃는데요. 태진 씨를 엄청 믿나 봐요."

"아."

이정훈의 말에 참가자들을 인솔해 온 1팀의 직원은 기분이 나쁜지 다른 곳을 쳐다봤고, 태진은 혹시 참가자들에게 피해가 갈 수도 있다는 생각에 옆의 직원이 들을 수 있도록 말했다.

"그런 거보다 제가 신입이라 친구들하고 계속 같이 있어서 그런 거예요."

"에이, 좀 전에 팀장이라던데요?"

"아! 지금 팀에 저 혼자뿐이라서 그냥 그렇게 부르는 거예요."

"혼자요? 그나저나 우리 이 실장은 어쩌나."

태진이 고개를 돌리자 태진을 쳐다보고 있던 이창진이 인상을 찡그렸다.

"뭐요!"

"뭐긴 하하, 당황하지 마라! 더 티 난다!"

"아, 좀!"

"그러니까 뭐 하러 그래."

태진은 의아해하며 이창진을 봤다. 연습실에 오면서 잠깐 봤을 뿐이지만, 곽이정과 다르게 좋은 느낌이었는데 뭔가를 꾸민 모양이었다.

"우리 애들 기 살리려고 나까지 투입했는데 저 친구들 표정 보면 물거품인데? 위축은커녕 기세등등하잖아."
"아니, 그냥 인사하라고 보낸 거죠!"

아마 플레이스 소속의 참가자들에게 힘을 실어 주려고 이정훈을 먼저 보낸 듯했다. 별것도 아닌 일이었다. 아마 곽이정은 더 심하게 준비했을 것이 뻔했다. 이창진은 이정훈에게 원망하는 눈빛을 보내며 말을 돌렸다.

"재섭이 형은요?"
"재섭이 밑에 편의점 갔어. 너네가 애들 마실 것도 준비 안 해놔서 사러 갔어."
"아니, 뭔 준비를 안 해요! 저기 뒤에 있는 냉장고 위에 라액에 협찬 들어온 거 잔뜩 있는데."
"냉장고?"
"저기! 위에!"
"그러네? 저기 위에 올려놓으니까 안 보이지."
"아, 진짜 사람들이 찾아보고 좀 하지."

태진은 신기한 듯 두 사람을 쳐다봤다. MfB와는 전혀 다른 분위기였다. 호칭도 그렇고 회사 직원과 배우의 관계가 무척 가깝게 느껴졌다. 그때, 연습실 문이 열리면서 유재섭과 매니저로 보이는 사람이 무거워 보이는 봉지를 들고 들어왔다. 촬영장에서도 몇 번 본 적 있었기에 태진이 먼저 인사를 하려 할 때, 유재섭의 뒤에 낯설면서도 어디서 본 적 있는 듯한 여성이 보였다. 그때, 옆에 있던 이창진이 급하게 뛰쳐나갔다. 그러고는 무거운 걸 들고 있는 유재섭은 보이지도 않는지 뒤따라온 여성에게 꾸벅 인사했다.

"작가님!"

태진은 아까 자신을 안내해 주러 나오면서 이창진이 직원에게 했던 말이 떠올랐다.

'아, 작가님이구… 어? 어!'

태진도 그제야 그녀가 누구인지 알아차렸다. 내놓는 작품마다 화제를 몰고 다니고, 최근 채이주가 합류한 신품별의 작가인 김정연이었다. 멀티박스에 갔을 때도 얼굴을 마주친 적이 없어서 몰랐는데 예전 TV에 봤던 기억이 떠올랐다.

'김정연 작가였어……'

김정연이 쓴 드라마를 대부분 재미있게 봤던 태진은 실제로 그녀를 보게 되자 너무 신기했다. 연습실로 들어온 김정연은 가볍게 인사를 나누며 걸음을 옮겼다. 태진도 가볍게 목 인사를 한 뒤 김정연을 쳐다보고 있을 때, 옆에 있던 이창진의 표정이 눈에 들어왔다.

'아, 그런 거였구나.'

이창진의 시선 끝에는 참가자들이 있었고, 두 기획사의 참가자들은 서로 상반된 표정을 하고 있었다. 플레이스 소속의 참가자들은 엄청난 지원군을 얻은 듯 얼굴에 미소가 가득했고, MfB의 참가자들은 남의 집에 온 사람들처럼 쭈뼛대고 있었다. 김정연이 합류한다면 같이 혜택을 받긴 하겠지만, 그게 자신들 것은 아니라고 느껴진 모양이었다. 그때, 이창진이 실실 웃으며 태진에게 속삭였다.

"MfB에서 먼저 시작해서 저희도 살려면 어쩔 수 없었어요."
"네?"
"채이주 씨요. 지금 죄다 채이주 씨 얘기밖에 없어서 저희 입지가 아예 없잖아요. 그리고 저희 소속인 진성이도 채이주 씨하고 같은 드라마에 출연하는데 좀 억울하기도 하고요. 하하."
"아……."
"최소한 나눠야 하지 않겠어요?"

태진은 진심으로 감탄했다. 회사로 본다면 김정연이 채이주의 상사나 다름없었다. 게다가 채이주의 오디션을 본 사람이었기에 오디션에 관한 얘기를 할 수도 있었다. 자신의 드라마에 출연하는 배우를 안 좋게 얘기할 리는 없었기에 그건 문제가 되지 않았다. 하지만 어떻게든 채이주에 대한 얘기를 꺼내는 순간 플레이스에 관심이 쏠릴 것은 확실했다.

채이주의 연기를 칭찬해서 주연으로 캐스팅했다는 걸 공개하면 김정연의 연기를 보는 눈이 다시 한번 주목받을 것이었다. 그리고 그걸 공개하는 곳이 오디션이었다. 수많은 배우의 오디션을 보고 스타를 발굴한 김정연의 입김이 어마어마해질 수 있는 곳이었다. 거기다가 이창진이 얘기하는 걸로 봐서 '신품별'의 주연인 배진성까지 가세할 것으로 보였다. 물론 곽이정 역시 다른 굉장한 사람을 준비하고 있을 수도 있었다. 이럴 땐 또 곽이정만큼 믿음이 가는 사람이 없었다.

다만 지금 당장이 문제였다. 쭈뼛거리는 참가자들을 위해 뭔가라도 해야 할 것 같은데 마땅히 할 게 없었다. 만약 김정연과 친분이 있었다면 그녀와 친해 보이는 모습만 보여도 참가자들에게 조금이나마 힘이 될 텐데 오늘 처음 보는 데다가 김정연의 무성한 소문으로 쉽게 다가갈 수도 없었다. 까칠함의 대명사로 불리는 사람이 김정연이었다. 아니나 다를까 지금도 제대로 인사를 나눌 새도 없이 바로 입을 열었다.

"제가 좀 바빠서 시간이 많질 않아요. 그래서 여러분들이 해야 될 것만 알려 드릴게요. 그걸 다 준비하시면 저한테 알려 주시고, 그럼 전 캠페인 대본을 보내 드리도록 하는 걸로 하죠. 일단 주제를 정하죠. 뭐가 좋을까요? 각자 생각하고 있던 걸 얘기해 봐요."

김정연의 기세에 억눌리기라도 한 듯 다들 아무런 대답 없이 서로의 눈치를 봤다. 옆에서 보면 꼭 누군가에게 혼나고 있는 그런 모습이었다.

"생각해 둔 게 없어요? 미션 언제 알았어요?"

그러자 플레이스의 한 참가자가 대답했다.

"오늘 오전에 팀 이동하면서 알았어요."
"그럼 시간이 좀 있었군요. 그럼 그동안 각자가 생각해 둔 게 있을 거 아니에요. 뭐가 됐든 얘기해 보세요. 없나요? 왜 없죠? 그럼 지금까지 다들 뭐 하고 있었어요?"

화를 내는 목소리는 아니었다. 자신이라면 남는 시간에 생각하고 있었을 텐데 왜 안 했는지 정말로 궁금해서 묻는 듯 보였다. 참가자들 입장에서는 자신들의 잘못을 느끼게 만드는 그 말이 더 대답하기 어렵게 만들었다.

'듣던 대로구나.'

태진이 MfB 소속 참가자들 중 누구라도 먼저 말을 했으면 하는 바람으로 지켜보고 있을 때, 김정연이 어이없다는 표정으로 이창진을 쳐다봤다. 그러자 이창진도 어색하게 웃을 뿐 대답하지 못했고, 김정연은 입맛을 다시더니 다시 참가자들에게 말했다.

"여러분은 지금 굉장히 좋은 기회를 놓쳤어요. 자기가 내놓은 의견대로 캠페인이 진행된다면 누가 주인공이 될까요? 자기가 잘할 자신이 있으니까 그런 의견을 내놓았을 테니 의견을 내놓은 사람이 주인공을 할 확률이 높겠죠? 지금 인원만 해도 총 7명이에요. 짧은 캠페인 영상에서 7명 모두를 부각시키는 건 어려운 일이죠."

태진도 동의하듯 고개를 끄덕였다. 7명 모두가 주연일 수는 없었다. 주인공이 여럿 등장하는 영화가 있기는 하지만, 스토리를 끌고 나가는 사람은 한두 명이 고작이었다. 하물며 짧은 캠페인 영상은 말할 것도 없었다. 그때, 김정연이 참가자들을 쭉 쳐다보며 말했다.

"여러분은 지금 그 소중한 기회를 놓친 거예요."

그제야 참가자들은 자신들이 너무 안일했다는 생각이 드는지 다들 반성하는 모습이었고, 일부는 기회를 놓친 것을 아쉬워하는 듯 보였다. 그때, 김정연과 함께 있던 이정훈이 웃으며 입을 열었다.

"작가님 말씀은 기회를 만드는 데는 자신의 노력이 필요하다는 말씀이에요. 한마디로 열심히 하면 기회가 주어진다는 거죠. 얼마 전에 한국에 온 빌 러셀 아시죠? 그 사람이 항상 입에 달고 다니는 말이 있어요. 꿈을 꾸는 이상 기회는 항상 곁에 있다고. 꿈을 꾼다는 건 그만큼 준비를 하고 있다는 거겠죠?"

태진은 흠칫 놀라 이정훈을 봤다. 아마 빌 러셀과의 얘기를 하면서 태진이 했던 말을 들었던 모양이었다. 그때, 김정연이 이정훈의 말을 받았다.

"그거 빌 러셀 씨가 한 말이 아니라 우리 오디션 추천했던 에이전트가 한 말이에요. 그 말이 마음에 들어서 모토로 삼고 있다고 하더군요."
"에이전트요?"
"그, 정훈 씨 설득해 온 사람이요. 한태진 씨라고."

순간 태진을 아는 MfB 참가자들이나 이정훈을 비롯해 이창진 실장까지 고개에서 소리가 들릴 정도로 빠르게 태진을 쳐다봤다.

"태진 씨가 그랬어요? 와, 몰랐네!"

그러자 김정연이 갑자기 두 눈을 반짝이며 태진을 봤다.

"한태진 씨세요?"

"아! 네, 안녕하세요. MfB 캐스팅 에이전트 지원 팀 한태진입니다."

"와, 몰랐네요. 반가워요. 덕분에 좋은 캐스팅 많이 했는데 인사가 늦었어요. 이번에 채이주 씨 추천도 한태진 씨가 한 거라고 들었는데 고마워요."

"아닙니다."

이런 식으로 통성명을 하게 될 줄은 몰랐다. 최고의 스타 작가인 김정연이 자신을 알고 있는 것이 신기했다.

"정말 고마워요. 앞으로도 잘 부탁드려요."

"저야말로 잘 부탁드립니다."

김정연의 감사 인사에 기운을 받은 건 태진이 아니라 MfB의 참가자들이었다. 특히 태진과 많은 시간을 보냈던 최정만은 마치 자신의 일인 듯 좋아하며 조그맣게 박수까지 치는 중이었다. 그저 이런 상황을 예상하지 못했던 이창진만 울상이었다.

플레이스 소속 참가자들의 기를 살리려고 김정연을 데려왔는데 김정연이 먼저 고개를 숙여 태진에게 인사를 하고 있었다.

'하아, 그때 곽이정이랑 치고받더라도 데리고 왔어야 했는데!'

*　　　　*　　　　*

김정연은 한 시간가량 캠페인에 관해 얘기를 해 준 뒤 바쁘다며 돌아갔다. 그리고 유재섭과 이정훈이 멘토가 되어 참가자들에게 설명을 하는 중이었다.

"여기 이정훈 선배도 지금 엄청 바쁜데 여러분을 위해서 시간을 내신 겁니다."

"아니야! 괜히 부담 주지 말고 편하게 하자. 긴장하면 연기도 안 되니까 편하게 해요. 우리."

태진은 이정훈을 보며 입술을 씰룩거렸다. 전에는 말을 걸어도 까칠하게 대했는데 이제는 마음이 편해졌는지 예전보다 훨씬 부드러워진 느낌이었다.

"그럼 작가님이 말씀해 주신 대로 어떤 분위기로 흘러갈지 생각해 보죠. 일단은 각자 생각한 뒤 의견을 나누는 게 좋을 거 같은데 어떻게들 생각하세요?"

이정훈은 참가자들의 의견까지 물어 가며 진행했다. 그때, 플레이스 소속의 참가자가 입을 열었다.

"저… 팀 미션인데 같이 스토리를 짜는 게 좋지 않을까요?"

"그것도 맞는 말이죠. 그런데 아까 김정연 작가님이 말씀하신 것처럼 주연을 할 수 있는 기회가 생길 수도 있어요. 그리고 스토리는 한 가지보다 여러 가지 선택지를 두고 많은 찬성을 받은 스토리를 쓰는 게 더 좋지 않을까요? 주제도 없이 중구난방 살만 붙이느라 시간만 소비할 수도 있거든요. 쉽게 말해 지금은 주제를 정하자는 거죠. 사실 오디션은 시간 싸움이니까요."

참가자들은 이해했다는 듯 고개를 끄덕이더니 각자가 주제를 떠올리려 애썼다. 그러자 이정훈과 유재섭이 피식 웃고는 태진에게 다가왔다.

이정훈은 이미 촬영장에서 마주친 적 있던 유재섭에게 태진을 소개했다.

"한태진 씨라고 굉장히 유능한 에이전트서. 회사 들어온 지 얼마 안 됐는데 벌써 팀장이신 거 보면 알지? 아 참, 빌 러셀 데려온 사람도 이 분이야."

"오! 그래요? 어쩐지 촬영장에서 자주 보이더라."

"자주 보여?"

"네, 다들 대기실에만 있는데 이분은 스튜디오에도 나와 계시더라고요. 맞죠?"

너무 과장된 소개에 태진이 제대로 말하려 할 때, MfB 참가자들이 뿌듯한 표정으로 자신을 보는 것이 보였다. 뭐가 그렇게 좋은지 기쁜 표정들이었다. 실제 나이는 얼마 차이도 나지 않는데 마치 어린아이가 힘센 자기 아빠를 보는 그런 눈빛이었다. 그런 눈빛을 보자 또 그냥 가만있을까도 싶었지만, 부담감이 더 컸기에 자신의 소개를 고쳐 잡았다.

"이번에 새로 생긴 팀에 들어간 거지 팀장은 아니에요. 그리고 빌 러셀 씨도 통화 한 번 한 게 다예요. 스튜디오는 통역하느라고 나와 있었던 거고요."
"하하, 봤지? 이분이 이렇게 깐깐해. 그런데 태진 씨 영어도 돼요? 아, 참! 영어를 잘하니까 빌 러셀도 데려오고 그랬겠구나."

과장된 소개를 바로 잡으려 했는데 듣고 싶은 대로만 듣고 있었다. 그건 유재섭도 마찬가지였다.

"전 철두철미한 분하고 잘 맞더라고요. 이번 미션 느낌이 좋은데요. 사실 제가 캠페인은 찍어 본 적이 없어서 걱정했는데 안심이 좀 되네요. 같이하게 돼서 영광입니다. 잘 부탁드려요."
"아니에요. 저도 처음이에요. 제가 잘 부탁드리겠습니다."

유명 배우와 이런 인사를 나누게 될 줄은 상상도 못 했던 일이었다. 배우들과 대화를 나누는 지금도 현실처럼 느껴지지 않았다. 그러던 중 유재섭이 시간을 확인하더니 입을 열었다.

"저는 이제 가 봐야겠네요."

"스케줄 있으세요?"

"하하, 바나나에 가 있는 친구들 응원하러 가야죠. 태진 씨가 여기 와 있는 것처럼 저도 가 봐야 하니까. 정훈이 형, 나 올 때까지 저 친구들 좀 잘 부탁해요."

유재섭은 참가자들에게도 인사를 하고선 곧바로 연습실을 나갔다. 배우 한 명이 사라지자 그나마 마음이 편해졌다.

"그런데 채이주 씨는 안 와요?"

"스케줄 조정하시는 거 같아요. 언제 올지는 모르겠는데 오실 거 같긴 해요."

"그래요? 촬영하면 힘들 거 같은데. 나도 채이주 씨 덕분에 오늘도 쉬게 됐긴 한데, 내일 잡힌 스케줄 보면 당분간 강행군인데. 그래도 뭐, 저 친구들 표정 보면 태진 씨만 있어도 괜찮을 거 같아 보이긴 하네요. 하하."

매니저 팀에서 아직 아무런 연락을 받지 못했기에 태진도 상황이 어떻게 돌아가는지 알지 못했다. 하지만 채이주가 자주 오지 못할 수 있다는 건 어느 정도 예상하고 있었다. 그러던 순간 김정연 작가도 채이주 못지않게 바쁠 것이란 게 떠올랐다.

"그런데 이런 식으로 하면 조금 오래 걸리지 않을까요?"

"미션이요?"

"네."

"이게 왜요? 아! 김정연 작가하고 처음 일하면 모를 수도 있겠구나. 이게 보통 사람이라면 오래 걸릴 텐데 김정연 작가는 보통 사람이 아니에요. 캐릭터만 잡아 놓으면 얘기가 술술 나와요. 그리고 이번에는 참가자들이 짜 놓은 시나리오를 수정하는 거니까 문제없을 겁니다."

"그게 아니라, 바쁘시지 않을까 해서요. 채이주 씨 재촬영하는 거 확인하실 거 같은데."

"바쁘긴 하겠죠. 그래도 김정연 작가라면 문제없어요. 그리고 지금 참가자들이 직접 틀을 짜는 게 훨씬 잘 살걸요."

"그런가요."

"사람마다 분위기라는 게 있잖아요. 나 같은 경우는 좀 날카롭고 강한 분위기이고, 태진 씨는 따뜻한 느낌이잖아요."

"제가요?"

이정훈은 피식 웃으며 말을 이었다.

"표정은 딱딱한데 사람의 분위기는 따뜻해요. 물론 아닐 수도 있는데 다른 사람이 느끼기에는 그렇게 느껴진다, 그 말이죠. 그리고 저 참가자들도 배우를 준비했다면 알게 모르게 자신의 분위기를 알고 있을 거예요. 그게 자신들의 의견에 묻어 나올 테고 김정연 작가는 그걸 살리는 데 특화되어 있거든요."

예전 김정연 작가가 캐스팅을 의뢰한 목록을 봤을 때가 떠올랐다. 그때도 '신품별'의 남자 주인공 역할에 놓여 있던 배진성을 보며 의아했었는데 막상 흉내 내 보니 찰떡같이 잘 맞았던 기억이 떠올랐다.

'분위기라······.'

순간 태진은 다즐링의 곡에 어떤 가사를 붙여 봐야 할지 감이 왔다. 멤버들 대부분이 외모만이 아니라 목소리까지 강렬한 분위기였다. 그중 은수가 목소리가 거칠어서인지 유독 강한 느낌이었다. 하지만 모두가 그런 것은 아니었다.

AL의 Club을 추천했을 때나 그다음 곡을 추천했을 때 모두 요한이라는 멤버 한 명이 겉도는 느낌이었다. 영상을 본 사람들 몇몇도 그런 얘기를 한 적이 있었다. 태진은 왜 그동안 그렇게 곡을 찾기 어려웠는지 알 것 같았다.

'요한만 빼면······.'

신곡을 내려고 멤버 한 명을 탈퇴시킨다니, 그건 말이 안 되는 얘기였다. 그렇다고 요한에게 창법을 바꿔 보라고 하는 것도 마음에 걸렸다. 예전에 은수에게 Solo를 부르게 하려고 했던 말도 있었고, 이제 시간도 얼마 남지 않았기에 창법을 바꾸는 것은 어려울 것이었다. 하루아침에 해내려다가 은수처럼 성대에 문제가 생길 수도 있었다.

'후, 어렵네.'

그때, 태진의 휴대폰이 울렸다. 휴대폰을 확인하니 둘째 태민이었고, 태진은 갑자기 걸려 온 동생의 전화에 이정훈에게 양해를 구한 뒤 연습실 밖으로 나왔다.

"어, 태민아."
—바빠?
"아니야, 무슨 일 있어?"
—일 있는 건 아니고, 그거 있잖아. 형 메일로 보냈어.
"응? 뭐?"
—그 있잖아.

뭔가 민망해하는 느낌이었다. 태민이 무엇을 보냈을까 생각하던 중 한 가지가 떠올랐다.

"아, 작품 보냈어?"
—작품까진 아니고… 아무튼 보냈거든. 읽어 보고 어떤 방향으로 가야 할지 말해 줘.
"네가 짜 놓은 방향이 있는데 내가 끼어드는 건 아니지. 그래도 읽어 볼게.
—아직 시작 단계라 방향 바꾸면 돼. 좀 더 재밌게 갈 수 있는 방향이 있잖아.

그 말을 듣는 순간 태진은 어떤 식으로 다즐링의 곡을 골라야 할지 알 것 같았다.

"어, 그래. 알았어. 읽어 볼게. 이따가 전화할게."

급하게 전화를 끊은 태진은 지금까지 라온에서 보낸 곡들을 천천히 살폈다. 가사가 없기에 따라서 웅얼거리며 느낀 점들을 간단하게 적어 둔 것을 읽어 가며 차례대로 확인했다. 전부 확인을 한 태진은 고민도 하지 않고 곧바로 전화를 걸었다.

─태진 씨! 연락 기다렸어요!
"네, 안녕하세요. 다름이 아니라 다즐링 신곡 때문에 연락드렸어요."
─아! 드디어 기다리던 연락이!
"곡을 정한 건 아니고요. 물어볼 게 있어서요."
─네?

되묻는 이종락의 목소리에는 실망감이 잔뜩 묻어 있었다.

"혹시 제가 말하는 곡들이 있을까 해서요."
─어떤 곡이요……?
"그러니까, 지금까지 보낸 강한 느낌의 곡이면서 한 부분만큼은 굉장히 한이 서린 그런 애절한 느낌이 드는 곡이 있나 해서요."
─네? 그게 무슨 말이에요.

이종락이 다즐링의 담당자이다 보니 숨길 필요가 없었기에 태진은 요한에 관한 얘기를 꺼냈다. 그 말을 들은 이종락은 잠시 말이 없었다. 그러고는 숨소리인지 감탄하는 소리인지 알 수 없는 이상한 소리를 뱉으며 말했다.

　—호우… 아, 그랬죠. 요한이 그래서 오디션 때도 힙합 하지 말고 발라드 하라는 권유 많이 받았었죠.
　"그랬구나."
　—후, 보통 곡에 애들을 바꾸려고 하는데 태진 씨는 조금 달라서 살짝 적응은 안 되는데 듣고 보니 정말 감사하네요. 이렇게까지 한 명 한 명 챙겨 줄지 몰랐는데 너무 고마워요.
　"아니에요. 찾다 보니까 그러면 좋을 거 같아서요. 그런 곡이 있을까요?"
　—그건 문제가 아니죠. 편곡을 하면 되니까요. 우리 라온 소속 작곡가들한테 얘기하면 바로 해 줄 겁니다. 그럼 어떤 곡을 바꾸는 게 좋을까요.
　"아, 정해 놓은 곡은 없고요. 기왕이면 가사가 있는 곡이었으면 좋겠는데. 가능할까요?"
　—가사요? 음, 일단 찾아보고 다시 보내겠습니다.

　그렇게 이 부장과 통화를 마친 태진의 발걸음이 한결 가벼워졌다.

　　　　*　　　　　*　　　　　*

　　저녁 식사를 마친 뒤에도 참가자들의 주제 정하기는 순조롭게
진행됐다. 모두가 의견을 내놓는 자리였기에 자신들의 의견만 내
세울 줄 알았다. 혹은 각자 소속사들끼리 대립을 할 줄 알았는
데 참가자들은 전혀 그렇지 않았다. 모두가 같은 방향을 보고
있어서인지 자신들의 의견보다 좋은 주제를 듣자 과감히 자신의
의견을 포기했다.

　　그러다 정만이 의견을 내놓았고, 태진이 듣기에도 꽤 괜찮게
들렸다. 짧은 영상이지만, 딱히 주인공이라고 불릴 만한 사람은
없이 모두가 등장하는 캠페인이었다.

　　"시작은 엄마가 아침밥으로 자식을 응원하는 걸로 가면 어떨
까요? 가장 어린 승훈 씨하고… 엄마는…….."

　　"나밖에 없네. 내가 20살 때 결혼했으면 승훈이만 한 애가 있
었을 테니, 뭐. 그런데 내가 엄마였으면 승훈이 많이 맞았을 거
같은데."

　　"왜요? 승훈 씨 엄청 얌전한데."

　　"내 자식이 고등학교 자퇴하고 춤추러 다닌다는데 당연히 혼
내야죠! 너, 엄마한테 많이 혼났지?"

　　승훈이라는 참가자는 재밌다는 듯 웃으며 고개를 끄덕거렸다.

　　"많이 혼났죠."

"혼나야 돼. 그래야 네가 춤만 추고 나쁜 길로는 안 빠지지. 부모님한테 잘해! 어? 나 너무 틀딱 같았나?"

"하하, 아니에요. 그런데 저희 주제 응원인데… 혼나면 좀 이상하지 않아요?"

"그건 그냥 한 말이고, 이런 식으로 하면 되지 않을까? 학업에 스트레스를 받는 모습을 승훈이가 보여 주고 나는 그런 승훈이를 보면서 조금이라도 힘을 줄 수 있게 맛있는 아침을 차려 주는 거."

주제는 응원이었다. 누군가의 말 한마디가 응원과 격려가 될 수 있다는 취지였다. 총 3컷으로 진행될 예정이었고, 처음은 방금 대화를 나누던 플레이스의 맏언니 민주와 가장 어린 승훈이 담당하기로 했다. 그렇게 자신들만의 역할까지 분배하던 중 맏언니 민주가 의견을 내놓은 정만에게 말했다.

"주제가 참 따뜻해서 좋다. 괜히 내가 말한 환경문제 같은 거 하면 진행하기도 어려울 거 같았을 텐데. 덕분에 우리 잘 풀릴 거 같은데요?"

"감사해요."

"감사는 우리가 해야지. 사실 주인공은 못 할 거라는 거 알고 있었는데 그래도 겉돌까 봐 걱정했단 말이죠. 근데 이렇게 공평하게 역할까지 맡게 돼서 너무 좋은데요. '응원'이라는 주제, 참 좋은 거 같아요."

조금 떨어진 곳에서 듣고 있던 이정훈과 태진도 고개를 끄덕거렸다. 그때, 정만이 과한 칭찬이 부끄럽다는 표정을 짓더니 갑자기 태진을 한 번 봤다. 그러고는 다시 고개를 돌려 입을 열었다.

"저도 응원 받아 본 게 생각나서요."

"그래요?"

"저, 사실 연기를 딱히 어디서 배운 것도 아니고 혼자 누굴 따라 한 게 다라서 여기 참가하면서도 걱정 많이 했거든요. 1차 붙고도 스스로 만족하고 그만할까 생각도 했는데 누가 그러더라고요."

"응원이요?"

"네, 제가 느끼기에는 응원 같았어요. 제가 Y튜브를 하는데 구독자도 없고 조회수도 안 나오긴 해도 영상을 꾸준히 올렸거든요. 제가 연기하는 영상이요. 올려도 보는 사람이 없었는데 갑자기 어느 순간 댓글이 달리더라고요. 잘 봤다, 재밌다 그런 댓글이 아니라 처음부터 끝까지 제가 한 연기를 분석한 댓글이었어요."

  태진은 정만이 자신에 대한 얘기 중이라는 걸 알아차렸다. 응원을 해 주려는 의도는 아니었다. 그저 연기가 빨리 느는 모습이 신기해서 자신이 성대모사를 하며 느낀 점을 말해 주었던 것뿐이었다. 그럼에도 정만에게는 그게 힘이 된 모양이었다.

"그동안 제가 숨을 언제 어떻게 쉬었는지부터 해서 숨이 어떻게 바뀌고 있는지까지 알아봐 주더라고요. 정말 신기했어요. 그리고 앞으로 어떤 식으로 발전하면 되겠다라는 그런 조언까지 해 주셨고요. 사실 조언은 별로 눈에 들어오지 않았어요. 그저 누군가가 날 관심 있게 봐주고 있구나 하는 생각에 고맙더라고요. 가끔 가수들이 옛날얘기 하잖아요. 관객이 한 명인데도 노래 부르고 그랬다는 얘기. 저도 그 말이 뭔 뜻인지 알 것 같더라고요. 나를 알아봐 주고 관심 있게 봐 주는 사람이 있다는 게 정말 힘이 되더라고요. 그래서 여기까지 올 수 있었어요."

정만이 저렇게 말을 길게 하는 것을 처음 봤음에도 전혀 신기하지 않았다. 정확히 말하면 신기하다는 생각이 들 틈이 없었다. 정만이 태진을 가리키고 있었고, 연습실 안 모두가 태진을 쳐다보는 중이었다.

"알고 보니까 태진이 형님이더라고요."

제4장

—

라온과의 협업

다음 날, 스태프 중에 가장 먼저 연습실에 도착한 태진은 창가에 앉아 창밖만 바라보는 중이었다. 참가자들 때문이었다. 정만 덕분에 참가자들의 태도가 완전히 달라져 있었다. 참가자들이 MfB에 처음 왔을 때만 하더라도 항상 같은 표정 때문에 선뜻 다가오지 못했는데 지금은 아니었다. 어제 처음 만난 플레이스 참가자들마저도 먼저 말을 걸어 왔다. 여러 사람이 자신을 이렇게 반겨 주는 것이 처음이다 보니 굉장히 어색했다. 지금도 태진을 두고 자기들끼리 얘기를 하는 중이었다.

"완전 한 팀장님은 츤데레구나."

"맞아요. 웃지도 않으면서 챙겨 줄 건 다 챙겨 주고, 다 모니터해 주고. 그런 분이세요."

"좋다. 괜히 말 많이 하는 거보다 행동으로 보여 주는 게 더 믿음이 가지."

면전에서 칭찬을 하는 통에 못 들은 척할 수도 없었다. 그렇다고 감사 인사를 할 수도 없는 애매한 상황이었다.

'하……'

이럴 때 라온에서 보낸 곡을 들으면 그나마 나을 텐데 아직 아무런 곡도 보내 오지 않았다. 그때, 연습실 문이 열렸다. 참가자들은 이미 와 있는 상태였기에 스태프들 중 한 명이거나 유재섭일 거라고 생각하며 쳐다봤다. 그런데 들어온 사람은 유재섭이 아니었다.

"태진 씨!"

바로 채이주였다. 채이주는 참가자들이 다 있는 가운데 태진의 이름만 크게 불렀다. 채이주는 성큼성큼 걸음을 옮겼고, 채이주가 점점 다가올 때 참가자들이 술렁거렸다.

"와… 가까이 보니까 더 예쁘다!"

그때, 정만을 비롯한 MfB 참가자들이 먼저 채이주에게 인사를 했고, 채이주는 그제야 자신이 실수를 했다는 걸 알아차리고는 급하게 인사를 했다.

"안녕하세요. 다들 일찍 오셨네요. 어제는 못 와서 미안해요. 대신 오늘 일찍 왔어요. 그럼 잠시 준비하시는 동안 저도 준비 좀 할게요! 제대로 된 인사는 잠시 후에 해요."

참가자들에게 간단한 인사를 한 채이주는 곧바로 태진의 옆에 앉았다.

"다른 회사에서 만나니까 느낌이 이상한데요?"
"아, 음, 그러네요."
"나만 이상한가? 아무튼 어제 잘했다는 얘기는 들었어요. 어제 오려고 했는데 촬영 스케줄 맞추고 준비할 게 많아서 못 왔어요. 미안해요."
"아니에요. 오늘은 시간 괜찮으세요?"
"오늘은 밤에만 촬영 있고 내일부터는 낮부터 계속 이어질 거예요."

뭔가 자꾸 힐끔거리는 걸 보면 할 말이 있는 듯 보였다. 태진은 자신을 힐끔거리는 채이주를 보며 물었다.

"무슨 하실 말씀 있으세요?"
"그런 건 아니에요. 아니… 저 있잖아요, 태진 씨 지금 바쁘죠?"
"지금은 안 바쁜데요. 다들 준비 중이라서요."

"아니! 앞으로 계속 바쁘죠?"

"왜 그러세요?"

"그냥… 혹시 태진 씨 안 바쁠 때 영상통화로 연기 연습 도와 줄 수 있어요? 바쁘면 말고요. 안 바쁠 때요."

태진은 처음부터 그럴 생각으로 채이주에게 오디션을 제안했었기에 대답이 쉽게 나왔다. 그리고 도와줄 생각이 없었다 하더라도 채이주의 표정이 굉장히 간절했다. 말은 안 바쁠 때 도와 달라면서 침까지 삼키며 대답을 기다리는 모습에 태진은 바로 대답을 했다.

"네, 그럴게요."

"진짜요? 진짜죠! 아, 다행이다. 그럼 대본은 따로 보내 드릴게요. 제가 나오는 신만 정리해서 드릴까요? 아니면 전부 다 드릴까요? 아! 전체적으로 분석을 해야 되니까 그게 맞겠죠?"

"네."

채이주는 천군만마를 얻은 것이 기쁘다는 듯 활짝 웃었다. 그런 채이주의 모습은 태진마저 입술을 씰룩거리게 만들었다.

"그리고 오늘도 잘 부탁드려요!"

"오늘까지 시나리오 짤 거 같아서 크게 하실 건 없을 거 같아요."

"그러니까요. 태진 씨가 시나리오도 잘 보잖아요."

"제가요?"

"우리 팀 시나리오도 태진 씨가 수정했잖아요. 그걸로 엄청 칭찬받았는데 모를 수가 없죠."

비록 곽이정에게 모든 공을 뺏기긴 했지만 그동안 계속 같이 있었기에 채이주가 모를 리가 없었다. 자신의 칭찬에 태진은 필에게 배운 대로 목덜미를 쓰다듬었다. 그러자 채이주가 또다시 활짝 웃더니 자리에서 일어났다.

"그럼 오늘도 잘 부탁드려요! 전 참가자들한테 가 볼게요!"

태진의 약속 덕분인지 채이주는 가벼운 발걸음으로 참가자들에게 향했다. 그동안 다른 참가자들과 함께해서인지 플레이스 참가자들에게도 먼저 다가가는 모습이었다. 하지만 태진은 채이주처럼 마냥 기분이 가볍지만은 않았다.

이종락 부장에 이어 채이주마저 자신을 신뢰하고 있다는 것이 느껴졌다. 처음에는 능력을 인정받는 것 같아 그저 좋기만 했는데 조금씩 어깨가 무거워지는 것이 느껴졌다. 그래서인지 한동안 잠잠했던 두통이 조금씩 느껴졌다. 태진은 잠시 고민했다.

두통약은 차에 있었지만, 먹을지 먹지 않을지에 관한 고민이었다. 지금 당장 채이주나 참가자들의 연기를 도와주거나 라온의 노래를 찾는 중이라면 먹지 않았을 테지만, 지금 당장은 하고 있는 일이 없다 보니 고민이 되었다. 그리고 두통이 점점 강해지는 것이 느껴졌다. 아무래도 두통약을 먹는 것이 낫겠다고 판단하고 일어날 때, 태진의 휴대폰이 울렸다.

―태진 씨! 지금 보냈습니다! 일단 가사 있던 곡 한 곡하고 밤새 가사 붙인 곡 한 곡! 애들이 직접 가사 쓴 거 한 곡! 이렇게 총 세 곡 보냈습니다! 바쁘시면 두 곡만 들어 봐도 됩니다!

"아, 네. 바로 확인할게요."

―감사합니다! 그런데 목소리가 안 좋으신데 무슨 일 있으세요?

"아니에요. 바로 확인하고 연락드릴게요."

태진은 숨을 크게 뱉었다. 두통이 있을 때 연락 온 것이 잘됐다고 생각이 들면서도 한편으로는 두통이 심해지다 보니 약을 빨리 먹을걸 하는 후회도 들었다. 이미 먹어 버렸다면 스스로에게 어쩔 수 없었다고 핑계를 댈 수도 있었을 텐데 이제는 약을 먹을 수도 없었다. 여느 때처럼 점점 심해지는 두통에 태진은 양손으로 이마를 부여잡은 채 메일을 열었다. 그러고는 라온에서 보내온 곡을 다운받고는 주머니에서 이어폰을 꺼내 휴대폰에 꽂았다.

일단은 곡 전체 분위기를 알기 위해 처음부터 끝까지 들어 보기 시작했다.

'이게 편곡한 곡이구나.'

전부 기억할 순 없었지만, 들어 본 적 있는 것 같은 곡이었다. 다만 예전과는 상당히 달랐다. 가이드를 불러 준 사람의 목소리로 제대로 가사가 들렸다. 중간중간 제대로 못 알아들은 가사가 있긴 했지만, 태진은 멈추지 않고 일단 쭉 들었다.

곡 분위기는 태진이 말했던 대로 바뀌어 있었다. 발라드처럼 시작하는 첫 부분이 아마 요한의 파트일 것이었다. 다만 가이드라서 멤버들에게 어울리는지는 아직 판단이 되지 않았다.

한 곡을 전부 들은 태진이 메일을 열어 곡을 다시 확인했다. 지금 들은 곡은 멤버들이 가사를 붙인 곡이었다. 태진은 다시 한번 가사에 집중하며 노래를 듣기 시작했다. 힙합이나 댄스를 부르던 다즐링의 노래와는 다르게 건반 소리로 노래가 시작되었다.

—아무리 애를 써 봐도 너의 모습이 떠나질 않아. 너의 목소리, 너의 그 미소. 너의 숨소리. 너의 모든 것들이. 왜, 왜, 왜, 왜.

태진은 고개를 갸웃거렸다. 애절한 분위기를 넣어 달라고 하긴 했는데 가사 분위기를 보면 좀 진부한 얘기처럼 느껴졌다. 하지만 뒤의 멜로디는 분명 강렬한 느낌이었기에 태진은 계속 노래를 들었다. 그때 가이드의 목소리로 읊조리듯 하는 말이 들렸고, 태진은 가사를 찾아봤다.

'Mess you up? 이거 미드에 자주 나온 대사인데… 죽인다, 망쳐 버리겠다, 그런 뜻 같은데……'

가사를 잘못 들은 게 아닌가 싶었는데 제대로 들은 게 맞았다. 게다가 그다음부터는 완전히 다른 곡이 되기 시작했다.

—널 천사로 본 내 눈을 뽑아 버리고 싶어! 아니, 넌 천사 맞
지. 나만의 천사가 아닌 만인의 천사. 다른 남자에게 안겨 웃던
너. 뭐? 내가 그냥 아는 사람? 아는 사람하고 활활 타올라? 내
귀에 뿜어 대던 그 숨소리는 뭔데. 그래서 넌 아는 사람한테 다
그런 거야? 넌 그러면 안 됐어.

"어우……."

너무 직설적인 가사에 자신도 모르게 말이 튀어나올 정도였
다. 멤버들을 직접 봤을 때는 이런 분위기가 아니었는데 너무 강
한 느낌이었다. 정확히 말하면 폭력적인 느낌이었다.

게다가 가사를 붙이니 노래 자체가 따라 하기가 어려웠다. 그
래도 일단은 확인을 해야 했기에 계속 이어 들었다. 그리고 마지
막 부분에 처음에 들렸던 부분이 다시 나왔다. 코러스 부분에
변화를 주기 위한 브릿지에 요한의 파트를 넣은 것이었다. 그리
고 그 뒤 다시 원래의 코러스로 돌아왔고, 가사를 제외하고 봤
을 때의 느낌만큼은 상당히 괜찮았다.

—왜. 왜. 왜 하필이면 난데! 짐승이 되겠어. 네가 침대에서 했
던 말대로. 널 망쳐 버리겠어. 그곳이 침대는 아닐 거야.

가사를 보니 두통이 더 심해지는 기분이었다. 아무래도 이종
락이 세 곡 중 두 곡만 들어 보라고 한 말이 이 곡 때문에 했던
말 같았다. 서둘러 확인하고 다음 곡을 들어 보는 게 낫겠다는

생각이 들 정도였다. 그러려면 일단 멤버들의 목소리로 파트를 불러 보는 게 우선이었다. 태진은 다시 곡을 시작 부분으로 돌린 뒤 요한의 부분부터 음을 외웠다. 이 부분은 요한으로 정해져 있는 부분이었기에 다른 사람의 목소리로 부를 필요도 없었다. 그리고 어느 정도 음을 외운 태진은 천천히 따라 불러 보기 시작했다.

"아무리 애를 써 봐도 너의 모습이 떠나질 않아."

몇 번 불러 보던 태진은 자신도 모르게 헛웃음을 뱉었다. 확실히 두통이 있을 때 거의 복사기 수준으로 흉내가 가능했다. 스스로 듣기에도 요한보다 잘 부르는 것처럼 들렸다.

요한의 파트를 전부 외운 태진은 처음부터 끝까지 부르기 시작했다. 마지막에 애원하듯 말하는 '왜'까지.

"아무리 애를 써 봐도 너의 모습이 떠나질 않아. 너의 목소리, 너의 그 미소. 너의 숨소리. 너의 모든 것들이. 왜, 왜, 왜, 왜."

태진은 이어폰을 꽂은 채이기도 했고, 두통이 점점 심해져 다른 곳에 신경을 쓰지 못한 상태였다. 그저 빨리 확인하고 두통약을 먹으려는 생각에 노래를 소리 내 따라 불렀고, 그걸 뒤에 있던 참가자들이 들어 버렸다.

"와……."

"어우, 한 팀장님 가수 출신인가? 노래 엄청 잘하시네."

"무슨 노랜데 이렇게 좋아요?"

"와, 목소리 대박."

태진의 노래를 들어 봤던 채이주마저도 신기해하며 태진을 쳐다봤다. 태진만 이 상황을 모른 채 혼자 노래를 부르는 중이었다.

그렇게 멤버별로 파트를 확인해 가던 태진이 갑자기 숨을 크게 들이마셨다. 그러고는 다시 가사를 확인하며 멤버들의 파트를 체크했다.

'왜 이렇게 잘 어울려?'

특히 시작 부분, 요한의 파트가 끝나고 나오는 Mess you up을 은수의 목소리로 부를 때는 스스로 쾌감마저 들었다. 다른 멤버들도 말할 것도 없이 누구 하나 안 어울리는 사람이 없었다. 그 폭력적인 가사들마저 입에 착착 감기는 느낌이었다.

'이걸 좋다고 해야 돼… 말아야 돼……'

아무리 불러 봐도 다즐링하고 너무 잘 어울렸다. 때문에 아무래도 이종락에게 확인을 해 봐야 할 것 같았다. 다만 두통이 점점 심해지는 탓에 약을 잘라서라도 먹어야겠다고 생각한 태진은 이어폰을 빼고 자리에서 일어났다. 그리고 뒤를 돌았을 때,

자신을 보는 참가자들의 모습이 보였다.

"태진이 형 그게 무슨 노랜데 그렇게 열심히 불러요."
"어우… 그렇게 안 봤는데… 짐승이네."
"목소리 좋은 변태 같아요."
"팀장님 MfB A팀에서 살인마로 불렸던 거 같은데. 정만아, 맞지?"
"네, 태진이 형 살인마 연기 잘해서요."
"그럼 목소리 좋은 변태 살인마."

태진은 순간 자신이 크게 노래를 불렀다는 걸 깨달았다. 너무 민망한 나머지 참가자들을 쳐다보지도 않고 서둘러 밖에 나왔다. 그리고 차로 향하는 도중 확신이 섰다. 잠깐 듣고도 저런 반응인 걸로 보아 자신만 이상하게 들은 것이 아니었다.

*　　　　*　　　　*

태진은 플레이스 주차장에 세워 둔 차로 향하며 이종락에게 전화를 걸었다.

—네! 태진 씨! 곡 받으셨어요?
"네, 받았어요."
—벌써 들어 보셨어요?
"들어 보긴 했는데요… 저한테 보내신 거 맞죠?"
—잠시만요. 어? 맞는데. 다 안 갔어요?

"그게 아니라요. 가사가 좀 이상해서요. 저한테 보내 주신 가사 맞는 거죠……?"

─아! 그거 들으셨구나. 그래서 제가 말씀드린 건데.

"네?"

─제가 세 곡 보냈잖아요. 그중에 지금 말씀하신 곡이랑 다른 한 곡이 가사만 다른 같은 곡이에요.

"아……."

버리는 곡은 아니었다. 사실 태진도 다즐링 멤버들과 너무 잘 어울리는 느낌에 고민을 할 정도니 버릴 리가 없었다. 다만 가사가 너무 이상했다.

─그게 버전이 2개예요. 하나는 원래 있던 가사고 태진 씨가 들은 건 어제 애들한테 가사 붙이라고 한 거거든요.

"그런 가사는 어떻게 해야지……."

─아! 갑자기 가사 쓰라고 해서 그런지 애들이 드라마 보고 쓴 모양이더라고요. 저도 처음에 이게 뭐냐고 그랬거든요. 막 가사도 싸구려 같고 그래서. 그랬더니 드라마에 나오는 대사 참고해서 작사했다고 하더라고요. 일단은 자기들이 좋아하길래 보냈습니다. 그거 말고 다른 가사도 있으니까 한번 보세요.

최근 일이 바빠 드라마를 보지 못했는데 아마도 남자를 배신한 여자에게 복수를 하는 드라마가 있는 모양이었다.

"알겠습니다. 다시 들어 보고 연락드릴게요."

—네! 감사합니다! 수고하세요!

통화를 하는 사이에 어느새 주차장에 도착했다. 잠시 고민을 하던 태진은 일단 다른 한 곡까지만 들어 보고 두통약을 먹는 게 나을 거란 생각에 서둘러 다음 곡을 듣기 시작했다.

방금 들었던 곡과 같은 전주가 흘러나왔고, 가이드 가수의 목소리로 요한의 파트가 들리기 시작했다. 아까도 느꼈지만, 요한의 파트는 아무런 문제가 없었다. 그래서인지 이번에도 요한의 파트는 변한 게 아무것도 없었다. 그리고 요한의 파트가 끝나고, Mess you up 부분이 나올 차례였다.

—I Miss you.

그 뒤에 나온 가사는 완전히 달라져 있었다. 앞에는 바람난 상대방을 원망하고 복수하겠다는 가사였지만, 이번의 가사는 연인을 잊지 못한 스스로에게 화를 내는 가사였다. 태진은 일단 차에 올라탔다. 그러고는 아까 파트를 정한 대로 가사를 보며 따라 부르기 시작했다.

"왜. 왜. 왜 잊히질 않아! 잊어 보려 애썼어. 네게 받은 것들도 모두 버려도 봤어. 그럴수록 더 또렷해져만 가. 날 떠났으면 네 기억들도 모두 가져가 줘."

한참이나 노래를 부르며 확인했다. 목소리만큼은 그 어느 때보다 똑같이 흉내 내고 있었다. 다만 같은 곡임에도 연습실에서 느꼈던 그 느낌이 들지 않았다. 좋긴 하지만 어딘가 부족한 느낌이었다. 그러다 보니 처음 들었던 곡에 눈길이 갈 수밖에 없었다.

"아, 머리야……."

차라리 어울리지 않았으면 고민할 거리도 없는데 너무 잘 어울린다는 게 문제였다. 잠시 고민을 하던 태진은 일단 남은 한 곡마저 들어보고 판단하기로 했다.

잠시 뒤, 노래를 다 들은 태진은 머리가 더 아파 왔다. 마지막에 들은 곡은 다즐링과 전혀 어울리지 않았다. 지금 세 곡 중에 하나를 뽑으라면 무조건 처음 들었던 곡이었다. 그때, 이종락에게서 메시지가 왔다.

─가사 붙이는 대로 작업해서 바로 보내겠습니다! 잘 부탁드립니다!

"아… 이게 끝이 아니지."

그렇게 생각하자 마음이 한결 편안해졌다. 태진은 일단 세 곡에 대해서라도 알려 줄 생각으로 바로 이종락에게 전화를 걸었다.

─네! 태진 씨, 톡으로 보내셔도 되는데!

"그게 아니고. 다 들어 봤어요."

―벌써요? 아! 의심하는 게 아니라 너무 빨라서요! 믿죠! 그래서 어떠셨어요?

"그게… 그 이상한 가사 있잖아요."

―왜요?

"네?"

―아! 그 노래 가제가 '왜'거든요.

"아! 네, 왜… 그게 가장 잘 어울리거든요."

―아, 그래요? 오호! 그럼 일단 애들 불러서 확인해 봐야겠네요! 애들이 고생하긴 했는데 원곡으로 부르면 되니까 문제 될 건 없을 거 같습니다.

이종락이 흥분하고 있다는 것이 목소리에서 느껴졌다. 그도 그럴 것이 태진이 추천한 커버곡들이 전부 엄청난 인기를 끌고 있었다. 커버곡으로 다즐링을 알리고 있다고 해도 무방했다.

―혹시 바쁘세요? 여유 되시면 애들 부르는 거 직접 확인해 보실 수 있으세요?

"지금은 좀 곤란해요. 그리고… 음, 이상하게 들리실 수 있는데 그 뒤에 가사 말고 앞에 가사가 더 잘 어울려요. 느낌이 완전히 다를 거예요."

―네?

"멤버들이 평소에 부르는 목소리로 들어 보면 아실 거예요."

―같은 곡인데요? 그리고 그 가사는 좀… 그런데. 그 가사면

심의 통과 안 돼요. 그럼 음방 못 나오는데.

이종락도 가사가 걸리는 모양이었다. 하지만 태진이 느끼기에는 확실히 앞에 가사를 불렀을 때가 훨씬 강렬하고 멤버들에게 잘 어울렸다.

"파트 정한 것도 보내 드릴 테니까 확인해 보세요."
─아, 뭐⋯ 네. 일단 알겠습니다. 아! 그리고 작업되는 대로 바로 보내겠습니다.
"네."

일단 지금 닥친 일이 끝났다는 생각에 태진은 서둘러 두통약을 꺼내 먹었다.

＊　　　＊　　　＊

라온의 이종락은 직접 홍대에 위치한 라온 스튜디오로 향했다. 보통 작업은 이곳이 아닌 라온 본사에서 진행했지만, 이곳에는 엔지니어이자 프로듀서인 강유가 항상 상주 중이기도 했고, 무엇보다 단순 확인을 위해서였기에 다즐링 멤버들을 이곳으로 불렀다.

"노래들은 알지?"
"어제 가사 쓰면서 듣긴 했어요."

"야! 너네는 무슨 그런 가사를… 아니다, 그럼 일단 이 가사로 불러 봐. 파트도 오면서 확인했지?"

전부 태진이 정해 준 대로였다. 멤버들은 갑자기 녹음실로 불려 온 이 상황이 이해가 되지 않는지 서로를 쳐다보기만 했다. 원래라면 지금 곡이 나오고 녹음을 하면서 안무 연습을 해야 할 시기인데 아직까지 아무런 말도 없었다. 그런데 갑자기 노래를 불러 보라고 하니 무슨 상황인지 몰라 어리둥절한 표정이었다.

"빨리빨리! 시작은 요한이부터!"

이종락의 부추김에 요한이 녹음 부스로 들어갔다. 그러자 멤버들은 자신들의 차례가 올 거란 생각에 그제야 급하게 가이드를 들으며 자신의 파트를 확인했다. 그때, 라온 스튜디오의 담당인 이강유가 물었다.

"갑자기 뭐 하는 짓이냐?"
"확인하려고 그래."
"확인?"
"그래, 이 곡이 애들한테 얼마나 잘 어울리는지 확인하려고."
"이 곡으로 활동할 거야? 그럼 수원으로 가서 해야지."
"아니야. 그냥 확인이야."
"뭔 소리야. 답답하게."
"이 곡 한태진이 추천한 곡이야."

"그래? 이거 누가 쓴 곡이야. 우리 OTT 애들이 쓴 곡이네. 이야, 잘됐다!"

태진이 추천했다는 소리에 이강유도 더 이상 토를 달지 않았고, 뒤에 있던 다즐링 멤버들도 그 말을 들었는지 눈을 반짝거렸다.

"요한이 바로 시작하자."

―저 아직 준비 안 됐는데요…….

"일단 해 보자. 연습 안 한 거 감안하고 들을 테니까 부담 갖지 말고 해 봐."

이강유의 리드로 노래가 시작되었다. 요한은 숨을 크게 들이마셨다. 이미 자신의 파트는 다 외우고 있는 상태였다. 어제 가사를 쓰면서 이 파트만큼은 스스로도 잘할 수 있다고 생각했고, 마음에 드는 파트였기에 한참을 흥얼거린 탓에 외우고 있었다.

그렇다고 부담이 되지 않는 건 아니었다. 아무래도 첫 타자이다 보니 부담이 될 수밖에 없었다. 게다가 항상 곡의 중간 파트였다가 처음 시작을 맡으려니 더 긴장되었다. 그때, 헤드폰으로 전주가 들려왔고, 요한은 자신이 생각한 대로 노래를 부르기 시작했다. 그러자 이강유가 급하게 곡을 확인했다.

"이거 발라드인 줄 알았네."

"발라드 아니야. 이것도 한태진이가 요한이한테 어울린다고 이렇게 하라고 하더라. 어때?"

"좋은데. 요한이 목소리에 좀 애절함 이런 게 있긴 하지. 잘 어울린다."

이종락이 듣기에도 시작이 괜찮았다. 일단 확인을 위한 작업이다 보니 요한을 나오라고 하려 할 때, 부스 안 요한이 입을 열었다.

—저 한 번만 더 해 볼게요.
"어, 그래. 해 봐."

종락과 강유는 서로를 처다보며 어깨를 으쓱거렸다. 확인차 부르는 중에도 잘하고 싶다는 욕심이 생긴 모양이었다. 그렇게 몇 번이나 요한의 노래가 계속되었고, 노래가 계속될수록 이종락의 표정은 굳어 갔다.

"형, 이 곡 아예 연결시켜서 요한이만 따로 앨범 내도 되겠지."
"야, 욕심 그만 부려."
"내 욕심이 아니라 아까워서 그래. 들을수록 이 뒤에 듣기 싫을 정도로 좋아지는데."

발라드로 내놓으면 음원차트를 휩쓸 것 같은 느낌이었다. 하지만 태진에게서 그런 말은 없었기에 일단은 다른 멤버들까지 전부 확인을 해야 했다.

"바로 이어서 은수만 이거, I Miss you만 하고 오자."

그 뒤를 이어 은수가 들어갔고, 특유의 거친 목소리로 읊조리듯 말을 한 뒤 부스 밖으로 나왔다. 그렇게 멤버들 모두가 노래를 마쳤다. 확실히 평소와는 달리 멤버들 모두가 곡에 욕심이 나는지 몇 번이나 다시 불러 가며 확인했다. 멤버들 모두가 부스 밖으로 나오자 강유가 입을 열었다.

"일단 좋은 부분만 뽑아서 붙인 거긴 한데 더블링 같은 거 작업 아무것도 안 한 거니까 감안하고 들어 봐."

다즐링 멤버들이 부른 노래가 나오기 시작했다. 애절한 요한의 목소리가 들리기 시작하자 멤버들 모두가 요한을 보며 동시에 입을 열었다.

"오! 좋은데?"

요한은 아직 욕심이 나는지 그저 웃어넘겼다. 그 뒤를 이어 멤버들의 목소리가 쌓이기 시작했다. 그렇게 노래가 끝나자 멤버들이 서로를 쳐다보느라 바빴다. 마치 자신의 생각과 같은지 확인을 하려는 모습이었다. 그때, 이강유가 머리를 쓸어 올리며 말했다.

"곡 밸런스가 어마어마한데? 특히 요한이 파트 브릿지로 다시 쓰는 게 기가 막히네. 이것도 한태진 씨가 이렇게 하라고 한 거야?"
"한태진이는 그런 부분만 넣으라고 한 거고 그렇게 만든 건 에

이토가 한 거야."

"좋다. 이걸로 나가도 되겠어. 난 이걸로 초이스!"

멤버들도 동의한다는 듯 고개를 끄덕거리며 최종 승인을 할 이종락을 쳐다봤다. 하지만 이종락은 고민이 많은 표정으로 손에 들고 있던 종이를 쳐다보는 중이었다. 그렇게 한참이나 한숨을 쉬며 종이를 보던 이종락이 멤버들에게 종이를 건넸다.

"너네는 무슨 생각으로 이런 가사를 썼냐. 장난으로 한 건 아니지?"

이종락이 화가 났다고 생각하는지 멤버들 중 리더인 요한이 대답했다.

"장난은 아니에요. 악녀 보다가……"

"그래, 드라마 보다가 썼다는 건 들었어."

그때, 이종락이 보던 종이를 확인한 이강유가 궁금하다는 듯 물었다.

"악녀가 드라마야?"

"네……"

"어디서 하는 건데?"

"KBC 일일드라마요……"

"일일드라마? 그런 것도 봐? 너희 진짜 할 거 없었구나. 와, 그래서 가사가 이렇게 막장이구나. 이건 좀 그런데? 종락아, 이건 좀 아닌 거 같은데."

이종락은 아무런 대답도 없이 입맛만 다셨다. 그러고는 결정을 내렸다는 듯이 다즐링 멤버들을 쳐다봤다.

"이걸로 불러 봐."

그러자 자신들이 썼음에도 이상한 건 알고 있는지 멤버들마저도 화들짝 놀랐다. 그리고 이강유도 마찬가지였다. 그나마 이종락과 가까운 사이인 강유가 제지하며 나섰다.

"이거 하려고? 애들 이미지 관리 어떻게 하려고 그래."
"나도 알아. 그게 내 일인데 모르면 이상하지."
"그런데 왜 이걸 하라고 그래."

이종락은 한숨을 크게 뱉더니 입을 열었다.

"한태진이가 이게 훨씬 좋다잖아!"

제5장

—

커피차

라온의 스튜디오에는 노랫소리 말고는 아무런 소리도 들리지 않았다. 다즐링 멤버들은 벌써 몇 번이나 반복해서 듣는 중임에도 파트가 바뀔 때마다 담당한 멤버를 쳐다봤다. 그리고 강유는 곡을 완성시키기 위해 세부적인 파트를 나누고 있었다.

"여긴 요한이만 화음 넣고, 뒤에는 호랑이하고 은수만 더블링 쳐 주는 식으로 가면 더 좋겠네. 신기하네. 종락아, 뭐 해. 뭘 자꾸 멍때려."

이종락은 멍한 표정으로 이강유를 쳐다봤다.

"형도 이게 좋지?"

"그렇긴 하지."

"분명히 같은 곡에 같은 사람이 불렀는데 어떻게 다른 가사를 붙였다고 완전 다른 곡처럼 들리지?"

"그래서 신기하다고 했잖아. 혹시 너희들 뭐 쌓아 둔 거 있었어? 뭐가 이렇게 거칠어. 가사 나온 대로 진짜 짐승 같네."

멤버들 스스로도 만족해하며 미소 짓고 있었다. 그 모습을 본 강유는 피식 웃더니 다시 말을 이었다.

"아무래도 애들이 직접 가사 쓴 거라서 그런 걸 수도 있을 거 같은데. 뭘 보고 작사를 했던 간에 일단 직접 썼으니까 감정을 제대로 실을 수 있잖아."

"아니야."

"뭐가 아니야?"

"앞에 가사로 죽어라 연습해도 이런 느낌은 안 들 거 같아. 그리고 시간을 많이 주고 가사를 쓰라고 해도 이런 느낌은 안 들 거 같단 말이지."

가만히 생각하던 이강유도 동의한다는 듯 고개를 끄덕거렸다. 인기를 끄는 곡들을 보면 곡 자체가 좋은 곡도 있지만, 가사에서 공감을 하는 경우도 많았다. 둘 모두가 좋을 경우는 홍보를 할 필요도 없이 사람들에게 자연스럽게 인기를 끌었다. 그런데 지금은 싸구려 같은 가사임에도 묘하게 끌렸다.

요한의 파트는 변한 게 없다 보니 마냥 좋았다. 하지만 은수가 시작한 부분은 완전히 달랐다. Mess you up으로 가사를 바꿨을 뿐인데 노래에 집중을 하게 만들었다. 그리고 그 뒤로 나오는 멤버들도 마찬가지였다.

"하… 미치겠다."

이종락의 고민하는 듯한 표정에 강유가 불안한 듯 물었다.

"이거 할 거 아니지?"
"모르겠어. 아, 이럴 때 후라도 있으면 물어볼 텐데. 월드 투어 하는 애한테 물어볼 수도 없고."
"좋긴 한데. 이건 좀 아닌 거 같은데. 차라리 아까 그걸로 하는 게 좋을 거 같다."
"아깝잖아."
"그래도 좀 그렇지. 쟤네들 팬들 애들이야."
"아니까 고민하는 거야."
"고민할 것도 없어."
"형, 최신 스포츠카하고 구형 스포츠카가 있으면 뭐 타고 싶어."

강유는 종락이 뭘 말하는지 알고 있었지만, 아무리 생각해도 야한 버전의 가사는 아닌 듯싶었다. 곡이 좋다고는 해도 팬층이 10대였기에 자칫하다가는 어마어마한 역풍을 맞을 수도 있었다. 물론 팬들은 좋아해 주겠지만, 그들이 좋아해 주는 만큼 그들의 부모나 어른이라고 불리는 사람들로 하여금 지적할 거리를 만

들어 줄 것이었다. 강유는 불안한 마음에 이종락이 좋은 선택을 하도록 입을 열었다.

"둘 다 좋지. 근데 보통 람보르기니 같은 거 있으면 잘 안 타고 다니잖아. 타고 다닌다고 하면 차라리 구형 스포츠카를 데일리로 타고 다니겠지."

이종락은 아쉽다는 표정이었지만, 이해를 했는지 고개를 끄덕거렸다. 그 모습을 본 강유가 다행이라는 듯 한숨을 뱉으며 말을 이었다.

"그런 건 자기만족 아니면 보통 자랑하려고 사는 거잖아. 어디 중요한 데나 탈까 평소에는 타지도 못해요. 그냥 가끔 지나가다가 보는 사람들만 눈 호강시키는 완전 쓸데없는 거지. 장식이나 다름없어."

그때, 이종락이 갑자기 눈을 껌뻑거렸다.

"어?"
"불안하게 뭐가 어, 야."
"형 말이 맞네."
"그렇지?"
"어. 자랑하려고 샀지만 타고 다니지는 않지."
"그렇다니까."

"우리도 그렇게 하면 되겠다."

이종락은 결심을 한 듯 입술을 굳게 다 물었고 강유는 불안한 표정으로 이종락을 주시했다.

"싱글 음원 내고 거기에 2개 실으면 돼. 하나는 장식용으로 지금 버전. 그리고 활동용으로는 아까 부른 거."
"미쳤어? 그거 심의 안 된다니까. 미쳤다고 그걸 심의 내 주냐."
"19금 달면 돼. 그리고 애들 실력 자랑할 겸 장식용으로 올리는 거지."

물론 기존에도 19세 미만 청취 불가를 단 곡이 있기는 했다. 하지만 다즐링은 아이돌이라는 위치에 있다 보니 팬층이 대부분 10대 위주였다. 때문에 19세 미만이 들을 수 없다는 건 말이 안 되는 소리였다. 하지만 이번은 달랐다. 가사만 다른 곡이 따로 있기에 이강유한테도 괜찮은 방법으로 들렸다.

"그런데 태진 씨한테 곡 더 보낸다며. 그럼 기다려 보는 것도 좋잖아. 너, 혹시 곡 더 보내서 쟁여 두려는 거 아니지? 그러다가 태진 씨가 문제 삼으면 일 커진다."
"아니야. 나 이거 마음에 들어. 다른 곡 들어도 내 픽은 이거다! 쟤네들 표정 봐!"
"참. 아주 숨은 명곡 만들 기세네."

다즐링 멤버들도 노래가 입에 착 붙어 마음에 든 상태였다. 비록 활동은 다른 가사로 하겠지만, 지금 가사로 부른 노래를 묻어 두기는 아쉬웠다. 게다가 지금 같은 곡을 언제 또 만날 수 있을지 몰랐다. 또 무한정 곡을 기다려야 할 수도 있다는 불안한 마음 역시 지금 곡을 선택하는 데 한몫했다. 그때, 이종락이 웃는 얼굴로 강유에게 말했다.

"이거 노래 만든 OTT 에이토 보낼 테니까 형이랑 같이 담당해. 형이 얘네들 데리고 쳐들어왔었으니까 끝까지 책임져 줘."

"알았어."

"서둘러야 되는 거 알지?"

"뭘 서둘러. 이제 곡 정해져서 할 거 많은데."

"이제 곡 정해졌으니까 컴백해야지. 타이밍이 아주 기가 막혀."

강유는 또다시 불안한 표정으로 종락을 봤다.

"이번 주에 '라이브 액팅' 방송 시작하거든."

"그게 우리하고 뭔 상관이야."

"은수랑 겨울이가 부른 Solo도 2주 뒤에 나온다는 거지."

"그거 활동 안 하잖아."

"활동은 안 해도 주목은 끌 수 있잖아. 채이주가 지금 그걸로 엄청 주목 끌고 있는데 노래 나오면 적어도 순위권에는 들어. 내가 장담해. 그러니까 우리도 서둘러야지. 관심을 그대로 가져가는 거지!"

"그래서 얼마나 빨리!"

"Solo 나오고 다음 주? 그러니까 지금부터 3주 뒤에 컴백하는 거지!"

강유는 어이없다는 표정으로 헛웃음을 뱉었다.

"아직 녹음도 안 했어. 이제 시작인데 뭘 3주야. 나야 그렇다 쳐. 너희, 감당돼?"

"열심히 해야지. 그게 내 일인데."

"와, 할 말 없게 만드네."

"그리고 형이 한태진이한테 한번 놀러 오라고 해서 들려 줘 봐."

"확인해 보라고?"

"어. 맨날 연락해서 닦달해 가지고 난 좀 그래. 아! 아니다. 내가 해야겠다."

이종락은 생각난 김에 일을 처리하려고 그러는지 곧바로 휴대폰을 꺼내 들었다.

"태진 씨! 접니다!"

—네, 안녕하세요.

"보내 주신 거 너무 잘 받았습니다! 너무 좋더라고요. 역시 태진 씨예요."

—가사도 확인해 보셨어요?

"네, 그 문제도 해결했습니다. 태진 씨가 신경 써 주신 덕분에 좋은 곡 얻었네요. 다른 곡 고를 필요도 없이 이 곡으로 하기로 했습니다."

―어… 그 곡이요?

이종락은 웃으며 간단하게 설명을 해 주었고, 설명을 들은 태진이 이해한다는 듯 입을 열었다.

―아, 그렇게 할 수도 있네요. 그럼 제 할 일은 끝난 건가요?
"에이, 섭섭하게 딱 선을 그으세요."
―아니에요. 보고서 써야 돼서 그런 거예요.
"그렇죠? 하하. 섭섭할 뻔했네. 그나저나 애들이 너무 감사하다고 그러네요."
―저한테 맡겨 주셨는데 제가 더 감사하죠.
"아닙니다! 그래서 그런데 애들이 어떻게 부르는지 한번 보러 오세요. 애들이 감사하다면서 꼭 보여 드리고 싶다고 그러네요."
―네, 그럴게요.
"약속하셨습니다! 하하. 그럼 바쁘신데 다시 연락드리겠습니다."

다즐링 멤버들과 강유는 헛웃음을 뱉으며 이종락을 쳐다봤다. 하지만 딱히 할 말은 없었다. 저런 말을 한 적은 없지만, 곡을 골라 준 태진이 어떻게 듣는지 궁금한 것도 사실이었다.

"너, 진짜 뻔뻔하다."
"다 이런 거지. 그러면서 친해지고 그러는 거야. 형! 형도 한태진이하고 친하게 지내."

"야, 그런다고 되냐? 내가 말 걸어도 태진 씨 맨날 표정 굳어서 자기 할 말만 하잖아."

"그래도 친하게 지내. 나중에 우리 회사로 오면 얼마나 좋아. 진짜 생각할수록 아까워 죽겠어."

"너도 싸워서 데리고 오지. 누구라고 그랬더라?"

"아! 이창진! 그러고 보니까 플레이스에 있다고 들었는데 이 실장도 배 엄청 아프겠는데?"

이종락은 뭐가 재밌는지 피식거리며 웃었다. 그것도 잠시 갑자기 인상을 찡그렸다.

"아니지! 몸이 멀면 마음도 멀어지지! 우리가 더 친하게 지내야지!"

이종락은 또다시 급하게 휴대폰을 꺼내 들었다.

*　　　　*　　　　*

약을 먹고 두통이 조금 가신 태진은 멍하니 참가자들만 쳐다보고 있었다. 오전에 왔던 채이주도 돌아갔고, 다시 유재섭이 참가자들을 맡는 중이었다. 그리고 이정훈도 오늘까지 도와주러 나와 있는 상태였다. 그러다 보니 태진이 딱히 할 일이 없었다.

생각지도 못하게 라온의 일도 빨리 마무리되었기에 더욱 할 일이 없어 그저 자리만 지키는 중이었다. 그때, 참가자들에게 연기를 지도하던 이정훈이 웃으며 다가왔다.

"요즘 친구들은 머리가 비상해요. 응원이라는 주제, 진짜 좋은 거 같아요. 참 좋아요. 특히 정만이라는 친구가 구성을 잘 짜고 연기도 꽤 잘해요. 흡수가 빠르다고 해야 되나."

"그래요?"

"재섭이도 놀란다니까요. 잘하긴 했는데 저 정도는 아니었대요. 그런데 지금 보면 군더더기가 없다고, 못 데리고 왔다고 아까워하더라고요."

역시 배움이 늘어날수록 정만의 연기도 늘고 있었고, 슬슬 티가 나기 시작했다. 게다가 다른 사람들의 연기를 따라 하면서 많은 작품을 봐 와서인지 이야기의 전개 방식도 상당히 좋았다. 시작은 학생과 부모로 시작해 10대의 관심을 끌었고, 바로 이어 상사한테 혼난 직장인이 나와 선배에게 위로를 받는 장면을 넣어 직장인의 공감까지 얻는 전개였다. 거기다가 연기까지 잘하니 저절로 관심을 받았다.

태진은 참가자들의 중심에 선 최정만을 바라봤다. 아마 이번 회차가 나가면 사람들도 정만에게 관심을 둘 것이 틀림없었다. 지금까지는 그렇게 눈에 띄지 않는 참가자였지만, 이제는 '라이브 액팅'을 끌고 나갈 참가자가 되고 있었다.

"그나저나 작가님은 언제 오시려나."

"김정연 작가님이요? 지금 캠페인 좋다고 하시지 않으셨어요?"

통화를 통해 김정연에게 칭찬까지 받았고, 더 좋은 방향으로 끌고 나갈 수 있게 조언까지 해 줬다. 할 수 있는 일은 다 했고, 지금 하는 촬영도 무척 바쁠 것이기에 안 올 거라고 생각했다.

"원래 자기 눈으로 확인을 해야지 직성이 풀리는 사람이에요. 그렇게 깐깐하니까 성공하죠."

태진은 고개를 끄덕거렸다.

'성공하는 데는 다 이유가 있구나.'

그때, 아까 이종락과의 통화에서 다즐링의 노래를 들으러 오라고 했던 말이 떠올랐다. 궁금하기도 했지만, 시간이 날지 몰라 일단 알았다고 대답한 것이었다. 그런데 김정연의 얘기를 듣자 스스로 그런 생각을 했다는 것이 민망했고, 한편으로는 어떻게 행동해야 하는지 알 수 있는 계기가 되었다.

그때, 연습실 문이 열리더니 김정연 작가가 들어왔다. 명성 때문인지 굉장히 여유 있는 모습이었다. 한 손에 든 커피에서마저도 품격이 느껴지는 기분이었다. 연습실에 있던 모든 사람이 김정연에게 인사를 건넸고, 김정연은 여유로운 미소로 인사를 해 주고는 걸음을 옮겼다. 그 모습을 본 태진은 순간 당황했다. 김정연이 점점 자신에게 다가오고 있었다. 태진의 바로 앞에 도착한 김정연은 환하게 웃으며 입을 열었다.

"커피 잘 마실게요."

태진은 무슨 소리인지 몰라 고개만 갸웃거렸다.

다들 김정연 작가를 보고 있는 가운데 모두를 제쳐 두고 태진에게 먼저 감사 인사를 한 것 때문에 다들 무슨 일인지 궁금해하는 표정이었다. 그중 둘 모두와 친분이 있던 이정훈이 궁금함을 참지 못하고 물었다.

"태진 씨 나랑 같이 있었는데 언제 커피를 샀어요? 아! 어플 선물 그런 거 보냈나?"

"아니에요. 저 아닌 거 같은데요."

태진의 대답에 갑자기 김정연이 웃기 시작했다.

"푸흐흡. 어쩐지 이상하다 했네. 이 밑에 커피 차가 있더라고요."

태진은 보일 리가 없음에도 커피 차가 있다는 말에 창문을 쳐다봤다. 감사 인사를 하며 커피 차 얘기를 한 걸 보면 자신과 관련된 것 같았다. 하지만 여전히 무슨 얘기인지 감이 안 왔다.

'TV에서 보던 그런 커피 차 말하는 건가……? 내가 연예인도 아니고…….'

그때, 연습실 문이 열리면서 플레이스 이창진 실장도 들어왔다. 김정연과 마찬가지로 한 손에는 커피를 든 채로.

"안녕하세요. 한 팀장님 커피 잘 마실게요. 그런데 왜 다들 이러고 있어요? 어? 나만 먹나?"
"저도 마시고 있어요. 다들 모르시는 거 같은데 내려가 보세요. 시작 전에 커피 한 잔씩 마시고 하는 것도 좋겠죠?"

벌써 두 명에게 감사 인사를 받은 탓에 태진은 궁금함을 해결하기 위해 서둘러 밖으로 나갔다. 그리고 계단을 내려가자마자 입구에 커피 차가 보였다. TV로만 보던 바로 그 커피 차였다. 커피도 안 마시는데 누가 커피 차를 보낸 건지 궁금한 마음에 멈춰 서서 커피 차를 바라볼 때, 뒤따라온 이정훈이 태진을 보며 말했다.

"어! 진짜 있네. 종류도 꽤 되는데요? 이럼 가격 좀 될 텐데."

태진은 천천히 걸음을 옮겼다. 점점 커피 차에 다가가니 그제야 플래카드가 제대로 눈에 들어왔다.

—라이브 액팅! 출연자들 파이팅!

열려 있는 윙 바디에는 출연자들을 응원하는 문구가 적혀 있었고, 옆에 거치대로 세워 놓은 배너에는 태진의 이름이 적혀 있었다.

#슈퍼 능력자
#신이 내린 에이전트
#한태진 팀장님 파이팅

그리고 그 밑에 조그맣게 적힌 글 덕에 누가 보낸 건지 바로 알 것 같았다.

—영원한 아군 라온Ent—

참가자들과 라이브 액팅의 스태프 및 플레이스의 직원들까지 모두가 태진에게 감사 인사를 건넸지만 태진은 멍한 상태였다. 그런 태진에게 이정훈이 질문했다.

"저기 적힌 라온이 라온 엔터 말하는 거 맞아요?"
"그런 거 같아요."
"MfB도 아니고 라온에서 태진 씨한테 커피 차를 보냈네요?"
"그러게요……."

아무래도 다즐링의 곡 때문에 보낸 듯했다. 하지만 모두의 시선이 자신에게 쏠린 탓에 감사함을 느낄 새가 없었다. 출연진도 아니고 스태프일 뿐인데 마치 주인공이 돼 버린 것 같은 상황이 너무 민망했다. 그때, 이창진 실장이 옆으로 오더니 물었다.

"라온하고 무슨 일 하셨어요?"

"이번에 회사에서 라온에서 의뢰한 게 있어서요."

"그래요? 라온이면 이종락 부장님 계신 곳인데. 거기 자기들끼리 해결하지 외부하고 일 잘 안 하는데."

이창진의 말에 이정훈도 궁금해하는 표정이었다.

"무슨 일 했는지 물어봐도 돼요? 안 되려나?"

"회사 일이라서요. 아직 말씀드리면 안 될 거 같아요."

딱히 그런 조건이 있는 건 아니었지만, 애초에 문제가 될 일을 만들지 않는 것이 나을 것 같았다. 그때, 커피를 받은 참가자들 중 한 명이 이창진의 말을 들었는지 웃으며 대화에 끼어들었다.

"작곡도 하시는 거 같은데요?"

"누가요? 한 팀장님이요?"

"아까 이상한 노래 부르시던데. 가이드인지 가사가 좀 이상하긴 했는데 노래는 엄청 잘해요."

플레이스 소속의 참가자의 말에 이창진이 눈썹을 씰룩거렸고, 이정훈은 신기하다는 표정으로 태진을 쳐다봤다.

"뮤지컬 배우한테 노래 잘한다는 말을 들을 정도면 얼마나 잘하는 거예요?"

"에이… 저는 그냥 뮤지컬 몇 번 참가한 게 단데요. 그런데 진짜 잘하세요. 아까 듣다가 다들 깜짝 놀랐다니까요."

"한 팀장님이 노래도 불렀어요?"

"귀에 이어폰 꽂고 혼자 흥얼거리시던데요. 아, 흥얼은 아니지. 아무튼 그래서 다 한 팀장님 노래 듣고 있었어요. 맞지?"

다른 참가자들에게까지 확인을 해 주었다. 어쩌다 이런 오해가 생긴 건지 어이가 없던 태진은 서둘러 입을 열었다.

"작곡한 게 아니에요. 전 그쪽하고는 아무 관련 없어요."

태진의 시원찮은 대답에 사람들은 더욱 궁금해하는 표정이었다. 그중 이창진은 태진을 뚫어져라 쳐다봤다.

'볼수록 아까워. 이 부장이 남의 회사 직원한테 커피 차까지 보낼 정도면 분명 뭔가를 얻었다는 건데……. 라온에 뭘 해 주기가 쉬운 게 아닐 텐데.'

만나는 사람마다 계속 태진의 얘기만 하고 있다 보니 태진에 대한 관심은 계속 커져만 갔다.

*　　　　*　　　　*

태진은 어찌 됐든 자신을 생각해 커피 차를 보내 준 것이기에 이종락에게 감사 인사를 했다. 그러자 이종락이 다음에 또 보내겠다는 말을 했고, 그것을 말리느라 애를 먹었다.

'커피도 안 마시는데 커피 차도 받아 보고. 후, 참.'

라온의 일이 끝났다고 생각해서 마음이 조금 가벼워졌는데 커피 차로 인해 아직 끝나지 않은 게 되어 버렸다. 받은 게 있다 보니 신경을 쓸 수밖에 없었다. 이래서 뇌물을 주는구나 하는 어이없는 생각까지 들었다.

다즐링의 노래가 어느 정도 완성이 된 다음엔 분명히 자신이 도움이 될 것이었다. 따라 할 수 없다는 생각이 든다면 분명히 다른 사람들에게도 인정받을 수 있을 테니까. 다만 아직은 준비 중이었기에 도와줄 수 있는 것이 없었다. 그러다 보니 태진에게도 여유가 생겼다.

곡을 보내야 한다는 압박감은 사라진 데다가 지금 참가자들에게도 자신이 끼어들 필요가 없었고, 멘토들의 빡빡한 지도 덕분에 끼어들 틈도 없었다. 김정연 작가도 곧장 촬영장으로 갈 거라며, 그때까지만 이곳에 남겠다고 말하면서 참가자들이 구성한 스토리를 수정했다. 그와 동시에 연기 지도까지 하는 중이었다.

김정연이 배우는 아니었음에도 그 동안 많은 배우를 봐서인지 보는 눈이 날카로웠다. 게다가 연기 지도를 하는 것도 필과 유사하다 보니 믿음이 갔다. 필이 말했던 상황을 먼저 구체적으로 상상하고, 그 속에 자신을 넣어 보라는 말을 여기서 또 듣는 중이었다.

다만 필처럼 친절하진 않았다. 필은 어떻게 상상을 하고 어떤 상황을 설정했는지 하나하나 물으며 조언해 주었다면 김정연은 질문은 하지 않고 곧바로 연기를 시켜 버렸다. 그러다 보니 참가자들이 잘 보이려는지 알아서 구체적으로 상상을 했다. 때문에 연습실이 마치 독서실 같은 분위기였다.

조용한 연습실에서 딱히 할 일이 없던 태진은 멀뚱히 앉아 기사들을 찾아 보며 시간을 보냈다. 여전히 채이주의 반응은 뜨거웠다. 채이주의 영상이 퍼져 나가자 배경음인 Solo에 관한 반응도 슬슬 올라오고 있었다. 그렇게 기사들을 찾아보던 중 메시지 하나가 도착했다.

[읽어 봤어?]

바로 태민이었다. 바쁜 나머지 태민이 말했던 걸 까맣게 잊고 있었던 태진은 미안한 마음에 재빨리 답장을 보냈다.

[미안, 좀 바빴어. 이제 읽어 보려고.]
[아니야, 천천히 읽어 봐 줘.]

태진은 확인도 안 한 메일을 열어 첨부파일을 다운받았다.

―으라차차 강필두―

'무슨 내용이지……?'

제목부터 뭔가 오묘했다. 아마 태민이 보낸 것이 아니었다면 별로 읽어 보고 싶지 않을 제목이었다. 하지만 제목만 봐서는 무슨 내용인지 알 수 없었기에 태진은 천천히 읽어 내려가기 시작했다.

내용은 제목과는 다르게 꽤 흥미로웠다. 판타지물에서 흔하게 등장하는 타임 루프 소재였다. 강필두라는 주인공은 부모에게 버림받은 뒤 조부모와 시골에서 자랐다. 바보라는 별명을 가질 정도의 순박한 청년이었다. 남의 부탁이란 부탁은 다 들어주다 보니 마을의 궂은일은 전부 도맡아 하는 그런 청년이 되었다. 그러던 중 조부모가 장을 다녀오다가 사고를 당하게 되었고, 조부모는 숨을 거두기 직전 강필두를 마을 사람들에게 맡기게 되었다.

'뭐가 어떻게 되는 거지…….'

벌써 몇 페이지나 읽었는데도 무슨 내용인지, 앞으로 어떤 전개가 펼쳐질지 예상이 안 됐다. 아니, 사실 별로 궁금하지가 않았다. 하지만 태민이 쓴 글이었기에 계속 읽어 내려갔다.

그렇게 시골에서 머슴처럼 살아가던 중 양지 댁이라고 강필두를 무진장 부려 먹던 노인의 아들이 고향에 방문했다. 그는 서울에서 꽤 잘나가던 건축가였고, 갑자기 현장에서 연락을 받게된다. 한 대학의 도서관 보수 공사를 맡던 중에 예상보다 고된 작업에 인부들이 임금을 더 요구했고, 거절하자 전부 파업을 해 버렸다는 내용이었다. 한시라도 급해서 돌아가려 할 때 양지 댁이 강필두를 데려가라고 했고, 한 명이라도 일손이 더 필요했던 아들이 그대로 그를 데려갔다.

아들은 현장에 간 강필두가 생각보다 일을 잘하는 모습에 그를 계속 데리고 있기로 했다. 강필두는 다들 꺼리는 작업까지 거리낌 없이 맡아 가며 일했고, 자신의 손으로 점점 바뀌어 가는 건물의 모습을 보며 처음으로 꿈을 갖게 되었다.

'막노동해서 으라차차인 줄 알았네. 후.'

도서관 보수 공사는 생각보다 꽤 길어졌고, 완성되었을 때쯤 사고가 일어났다. 도서관 밑으로 땅이 꺼지는 싱크홀이 생기면서 강필두가 파묻히게 되었다. 그리고 강필두가 눈을 뜬 곳은 멀쩡한 도서관 안이었다. 그렇게 싱크홀 속에 가라앉은 도서관에 갇힌 강필두가 점점 도서관 속 시간이 멈췄다는 걸 알게 되어 가는 과정이 나오기 시작했다. 그러던 중 태진은 대사 하나에서 피식 웃었다.

'뭐여, 시간과 정신의 방이여?'

자기가 좋아하던 만화의 공간을 모티브 삼아 글을 쓴 모양이었다. 도서관에 갇힌 강필두의 모습이 나오면서부터는 꽤 흥미로웠다. 알고 보니 시간이 멈춘 곳이 아니라 매일이 반복되는 곳이었다. 아마 먹을 걸 해결하려고 이런 설정을 만든 것처럼 보였다. 그래도 도서관에 갇힌 것부터 평범하진 않았기에 매일이 반복되는 건 그리 이상하게 받아들여지지 않았다.

그렇게 주인공도 자신이 갇혀 있다는 걸 받아들이는 모습이 나왔고 매일이 반복될수록 점점 할 일이 없어 무료해하는 모습까지 나왔다. 그러던 중 너무 할 일이 없다 보니 도서관에 있는 책을 읽기 시작했다. 남는 건 시간뿐인 주인공은 읽고 또 읽어가며 시간을 보냈다. 도서관이다 보니 별의별 책이 다 있었고, 그는 책들을 가리지 않고 계속 읽어 갔다. 그렇게 시간이 얼마나 흘렀을지 가늠도 되지 않을 때, 도서관에 있는 모든 책을 독파했다. 외국어는 물론이고 철학, 의학, 법 등으로 시작해 심지어는 요리책까지 독파해 버렸다. 그리고 처음으로 해 보고 싶어 했던 건축마저도 책으로 배웠고, 도면까지 그려 놨다. 그렇게 그린 도면으로만 동 하나를 채울 수 있을 정도가 되었을 때 실제로 해 볼 수 없다는 것에 대한 회의감이 들기 시작했다.

'3,000년에서 얼마나 지난 거지······.'

갇힌 이후 3,000년까지는 날짜를 셌는데 그 이후로는 세지 않았다는 대사가 나왔고, 이제 할 일도 없고 사는 것도 지겹다는 내용이 나왔다. 그렇게 생을 마감하려 할 때, 갑자기 도서관이 흔들리기 시작하면서 건물이 무너지기 시작했다. 그리고 강필두에게 사람의 목소리가 들렸다.

"생존자 발견! 6구역 생존자 발견!"

그 말소리를 끝으로 태진도 뒤에 나올 내용이 살짝 궁금해졌다. 다만, 아직 내용이 좀 더 남아 있었음에도 지금까지의 내용으로 사람들이 과연 좋아해 줄지 쉽게 판단이 서지 않았다. 태민이 동생이라서 재미있게 본 것일 수도 있었다. 애초에 객관적일 수가 없는 평가였다. 그때, 누군가가 자신의 옆에 앉는 것이 느껴졌다.

"뭘 그렇게 보고 계세요?"
"아! 작가님!"

제6장

—

미션 시나리오

　잠시 휴식을 갖는지 김정연 작가가 옆에 와 있었다. 같은 연습실에 있기에 옆에 앉을 수야 있지만, 그녀가 먼저 말을 걸어올 줄은 몰랐다.

　"혹시 내 대본?"
　"네?"
　"이주가 그러던데요? 한 팀장님이 작품 속 캐릭터를 제대로 읽어 낸다고. 안 그래도 이번에도 도움받아야 된다고 그러면서 대본 보여 줘도 되냐고 그래서 허락했거든요."
　"아!"

　채이주가 그런 말을 했을 줄은 몰랐다. 하지만 지금 보고 있는 건 대본이 아니었다. 순간 김정연에게 태민의 소설이 어떤지 물어볼까 싶었다. 하지만 이번이 두 번째 만남인 데다가 지금도 바쁜 시간을 쪼개 와 준 거라는 걸 알기에 그럴 순 없었다.

"작가님 대본은 아니라 그냥 소설 좀 읽고 있었어요."
"소설이요? 지금 다들 일하고 있는데 혼자 소설 읽고 있었던 거예요?"
"아!"

지금 자신이 할 일이 아무것도 없었기에 읽은 것이었는데도 왠지 그랬으면 안 됐었나 하는 생각이 들었다. 아마 사람들에게 깐깐하다고 들어 온 김정연의 이미지 때문인지 혼나는 느낌마저 받고 있었다. 그때, 김정연이 피식 웃으면서 말했다.

"듣던 대로 엄청 뻔뻔하네요?"
"네?"
"보통 내가 무슨 말 하면 다들 어쩔 줄 몰라 하는데. 이주가 누가 지적을 하든, 칭찬을 하든 별로 신경 쓰지 않는다면서 자기만의 길이 있는 사람 같다고 그랬거든요."

언제 친해졌는지 채이주의 이름마저 편하게 불렀다. 다만 무슨 얘기를 얼마나 많이 했길래 자신에 대해서까지 얘기를 한 건지 신기했다. 물론 전부 오해이긴 했지만 친근하게 말을 거는 걸 봐서는 좋은 말만 해 준 듯했다.

"아무튼 농담이에요. 소설 읽을 수도 있죠. 소설 좋아하나 봐요?"

"자주 읽는 편은 아니에요."

"그래요? 이쪽 일 하면서 보면 다들 시간만 있으면 눈 붙이기 바쁜데 책 읽는 사람은 처음 봐서요. 그런데 무슨 소설이에요?"

김정연의 말투에서 호감이 느껴졌기에 부탁까진 아니더라도 태민에 대해서 얘기를 해 봐도 될 듯싶었다.

"그게, 동생이 쓴 소설을 보고 있었어요."

"동생이 작가예요? 친동생?"

"네, 친동생이요. 장르소설 쓰고 있어요."

"장르소설… 그렇구나. 그래서 한 팀장님이 작품 읽는 능력이 뛰어났구나. 역시 이유가 있었네요."

"아! 그런 건 아니고요. 이제 두 편째예요. 그리고 지금 읽는 건 아직 정식으로 올라온 것도 아니에요. 저한테 한번 읽어 봐 달라고 해서요."

"그래요? 동생분 필명이 뭐예요?"

"본명 쓰고 있어요. 한태민이라고."

김정연은 태진이 옆에 있는 것도 개의치 않고 곧바로 태민의 이름을 검색했다.

"출판사가 우리글 맞아요?"

"네, 맞아요."

"음, 독자들이 올린 리뷰는 아예 없네요. 회차도 좀 적고 조회수도 적고."

좀 적은 게 아니라 거의 뒤로 갈수록 없다고 봐도 무방했다. 얼마 전까지만 하더라도 마지막 화를 돈 주고 읽은 사람이 단 2명뿐이었다. 한 명은 태진이었고, 다른 한 명은 태민 본인이었다.

"우리글이라면 꽤 큰 출판사라 이벤트도 많이 했을 텐데 너무 저조한데요? 작가가 자기 혼자만 좋아하는 얘기를 써도 이 정도는 아닐 텐데."

태민이 이 자리에 없는 것이 다행이라는 생각이 들었다. 김정연 작가의 말이 사실이긴 했지만, 그래도 동생을 조금 옹호하고 싶은 마음에 태진이 입을 열었다.

"준비를 많이 했는데 너무 어렵게 풀어 나가서 그랬어요. 좀 있어 보이려고 처음 보는 단어도 쓰고 그래서 사람들이 읽기 힘들어했나 봐요."

"그랬군요. 제목만 봐도 그런 거 같네요. 암명? 딱 봐도 어두운 느낌?"

"그래서 이번에는 그런 걸 조금 고친 거 같더라고요."

"제목이 뭔데요."

"그… 으라차차 강필두라고요……."

태민이 부끄럽진 않았는데 제목은 좀 부끄러웠다.

"음, 조금 가벼운 느낌이네요. 암명보다는 낫네요. 어떤 내용이에요?"
"저도 아직 다 보진 못했는데 제가 본 데까지는 꽤 흥미로웠어요."

태진은 자신이 본 내용을 전부 얘기해 주었다. 그러자 김정연도 약간의 관심을 보이는 듯했다.

"그럼 그 뒤로 나올 얘기는 아마도 천재 건축가 그런 얘기가 나오겠네요. 소재가 좋은데요?"
"그런가요!"
"네, 소재는 진짜 좋아요. 황당한 부분이 있긴 하지만, 그건 요즘 나오는 장르소설들이 대부분 그러니까 문제 될 건 없어 보이네요. 다만 그 소재를 어떻게 풀어 나가는지가 문제겠죠. 같은 소재라고 해도 풀어 나가는 게 다르니까. 내가 잠깐 봐도 돼요?"
"네, 그럼요!"

부탁을 하기도 전에 김정연이 먼저 관심을 보였다. 태진은 기회라는 생각에 재빠르게 휴대폰을 넘겼고, 휴대폰을 받아 든 김정연은 손가락을 쉴 새 없이 올리며 엄청난 속도로 글을 읽기 시작했다.

김정연이 강필두를 읽는 동안 휴식을 마친 참가자들이 알아서 모이기 시작했다. 다들 김정연을 힐끔거리는 모습을 본 태진은 자신 때문에 참가자들에게 피해가 간다는 느낌이 들었다. 물론 이정훈과 유재섭이 있긴 하지만, 방금 전까지 자신들을 지도해 주던 사람은 김정연이었기에 다들 신경이 쓰이는 모양이었다. 그때, 유재섭이 참가자들에게 설정한 연기를 봐주겠다며 한 팀씩 연기를 시키기 시작했다.

태진도 김정연을 대신할 순 없지만, 최대한 도움을 주기 위해서 참가자들의 연기를 지켜봤다. 첫 팀은 플레이스 소속의 만언니 민주와 가장 어린 승훈이었다. 먼저 승훈이 바닥에 누워 있는 모습으로 시작했다.

"하아……."

지쳐 있는 걸 보여 주려는지 아니면 고민이 많은 건지 한숨만 계속해서 뱉어 댔다. 그러던 승훈이 자리에서 일어나더니 옷을 주섬주섬 입었다. 그러고는 문을 여는 시늉을 한 뒤 고개만 내밀어 밖을 살폈다. 그때, 민주가 등장했다.

"아들! 밥 먹고 가!"
"아니야… 그냥 갈게."
"아니기는! 빨리 와서 밥 먹어."

민주가 승훈을 끌고 오더니 바로 옆으로 이동해 앉았다. 그

뒤엔 승훈이 바닥을 살펴보더니 입을 열었다.

"오늘 무슨 날이야······?"
"무슨 날은!"
"아침부터 불고기에 잡채에 미역국까지 있어서."
"그냥 오늘 네 이모 잠깐 온다고 그래서 한 거야."
"그렇구나. 맛있겠다."

승훈은 조금 편안해진 표정으로 밥을 먹는 시늉을 했고, 민주는 그런 승훈을 물끄러미 쳐다봤다.

"아들! 사랑해!"
"응?"
"사랑한다고! 아들이 뭘 해도 사랑해!"
"뭐야, 갑자기······."

태진은 승훈의 표정을 보며 고개를 끄덕거렸다. 민주의 사랑해라는 말에 민망해하면서도 고개를 약간 숙인 채 살짝 웃는 모습으로 행복해하는 모습을 표현했다. 가장 어린 승훈에게 딱 어울리는 느낌에 태진마저 기분이 좋아졌다. 아마 이 장면을 영상으로 보는 시청자들도 같은 느낌일 것이었다. 하지만 그건 마지막 승훈의 장면에 한해서였다.

'배경 없이 봐서 그런가? 격려를 해 주려는 건 알겠는데 뭔가

빠진 느낌이네……'

그때, 유재섭도 태진과 같은 생각이었는지 고개를 갸웃거리며
말했다.

"뭔가 모르게 조금 아쉽네. 처음 승훈이가 누워 있는 장면에
서 공부라는 글이 떠돌아다니는 게 안 보여서 그런가."

태진은 유재섭이 말한 장면을 상상해 보려고 눈을 감았다. 그
러고는 침대에 누운 승훈에게 공부라고 적힌 글자가 쏟아져 내
리는 모습을 상상했다. 느낌이 더 좋긴 하지만, 공부에 대해 압
박을 받아 본 적이 없던 탓에 크게 공감이 되진 않았다. 그리고
엄마 역을 맡은 민주도 조금 밋밋한 느낌이었다.

'응원을 하는 계기가 있으면 좋겠는데……'

아무런 계기가 없이 격려를 하니 민주의 캐릭터가 너무 평면
적이었다. 태진은 자신의 부모님이라면 어떨까 생각해 봤다. 그
러고 보니 자신이 겪었던 상황과 약간 비슷한 점이 있는 것 같았
다. 에이전트를 하겠다고 마음먹은 걸 부모님에게 알리기 전까지
꽤 많은 고민을 했었다. 그리고 말을 했을 때, 부모님은 건강에
대해 걱정을 했지만, 태진의 선택을 존중하고 축하해 주었다. 확
실히 그런 계기가 있다면 보는 사람으로 하여금 더 몰입하게 만
들 수 있을 것 같았다.

참가자들도 이런저런 생각을 하며 내용을 수정했고, 태진도 태진 나름대로 생각을 했다.

'내가 공부를 안 해 봐서 그런가……'

아무리 생각해도 공부나 성적을 계기로 하기에는 약간 애매했다. 게다가 최근에는 사람들의 인식도 많이 바뀌었다. 물론 성적을 중요시하는 사람들도 많지만, 일찍부터 자신의 꿈을 찾는 사람들도 많았다. 그러던 중 정만의 주제로 배역을 정할 때 민주와 승훈이 나누었던 대화가 떠올랐다.

'승훈 씨가 고등학교 자퇴하고 춤추러 다녔다고 그랬지. 그래서 엄청 혼났다고 들었는데. 음……'

태진은 승훈의 얘기를 바탕으로 지금까지 드라마를 보며 따뜻하게 느꼈던 장면들을 떠올렸다. 그렇게 한참이나 이런저런 장면을 만들어 갈 때, 꽤 괜찮은 얘기가 떠올랐다. 태진은 그 아이디어를 다듬고 다듬었다. 그러다 보니 생각의 끈이 계속 이어졌고, 승훈과 민주 장면뿐만이 아닌 캠페인 전체에까지 연결돼 버렸다.

'누구라도 끼어들 수 없을 만큼.'

곽이정에게 한번 당해 본 적이 있었기에 최대한 완벽하게끔 아이디어를 고치고 고쳤다. 잠시 뒤 어느 정도 완성이 되었다 싶던 태진이 참가자들과 유재섭, 이정훈을 봤다. 마침 대화가 없는 상태였기에 태진이 먼저 입을 열었다.

"저기 제가 의견을 내도 될까요?"
"태진 씨가요?"
"한 팀장님이요?"

이정훈과 유재섭은 놀랍다는 듯 태진을 봤다. 스태프인 태진이 참여한다는 걸 생각지 못한 모양이었다.

"어, 그래요. 말해 봐요."

태진은 자신 때문에 뒤에 있는 김정연을 대신해 도움을 주겠다는 생각으로 천천히 입을 열었다.

"제가 느끼기에는 계기가 있으면 어떨까 해요."
"계기요? 목적이요? 공부 있는데."
"네, 그러니까 조금 아쉬워서요. 공부보다는 다른 쪽을 공략하는 게 어떨까요."

다들 궁금하다는 표정으로 태진을 봤다. 모두의 시선을 받게 된 태진은 천천히 입을 열었다.

"승훈 씨의 캐릭터 설정을 댄스 대회를 준비하느라 시험을 망

쳐서 성적이 떨어지고, 엄마가 춤추는 걸 싫어할 거라는 생각에 말하지 못하는 거라고 정해 봤어요. 원래 춤을 추기도 했다고 들었거든요. 그러니까 춤추는 장면도 추가해서 넣고요."

"오, 괜찮네요. 그런데 그럼 민주 씨가 조금 이상해지는데."

"그것도 학교 선생님하고 통화하는 장면을 추가하는 거예요. 승훈이가 댄스 대회에서 우승을 했다는 말을 듣게 되는 거죠. 그러니까 보통의 부모님은 자식이 춤추는 걸 싫어한다고 하셨잖아요."

"춤추는 걸 싫어한다기보다 보통의 길 말고 다른 길로 가는 걸 싫어하시는 거죠."

"아무튼요. 그래서 민주 씨도 처음에는 선생님한테 연락이 왔을 때 성적부터 물어보는 거예요. 그럼 선생님이 성적은 조금 떨어졌지만, 댄스 대회에서 우승했다는 걸 알려 주면서 예술 학교를 추천하는 그런 대화를 나누는 거죠."

"아……."

"그렇게 상황을 알게 된 민주 씨는 속상해하는 거죠. 처음에는 숨기고 춤을 추는 것에 대해 화가 났지만, 우승하고도 말을 못 하는 승훈이를 떠올리면서 마음 아파 하는 거예요. 그리고 승훈의 선택을 응원하겠다는 의미로 아침을 준비하는 거고요."

"오……."

다들 짧은 감탄사와 함께 태진을 쳐다봤다. 태진이 다들 만족해하는 모습에 다행이라고 생각할 때, 뒤에서 박수 소리가 들렸다. 뒤를 돌아보니 휴대폰을 보던 김정연이 태진에게 엄청 빠르게 박수를 보내는 중이었다.

연습실에 있던 모든 사람들이 박수를 치는 김정연을 봤고, 강필두를 읽고 있을 거라고 생각한 태진도 김정연을 봤다.

"진짜 분석을 잘하네요. 내가 생각하던 것보다 더 좋은데요? 이러면 내가 필요가 없겠는데."
"아닙니다!"

김정연의 칭찬에 태진은 순식간에 오만 가지 생각이 들었다. 김정연의 칭찬이 진심일 수도 있지만, 까칠하다는 말을 하도 들어서 자신이 끼어든 것을 비꼬는 것일 수도 있었다. 김정연은 진심이라는 듯 다시 박수를 보내며 말했다.

"진짜 좋아요. 듣던 대로 캐릭터들을 잘 살리네요. 그렇게 하면 두 캐릭 모두 관심을 받을 수 있겠네요. 좋은 방법이에요. 단지! 신이 늘어나는 만큼 시간이 좀 늘어날 텐데 그것만 좀 주의하면 되겠네요. 아무튼 계속해요. 덕분에 마음이 좀 편해졌네."

김정연은 다시 휴대폰을 보기 시작했고, 이미 태진에게 호감을 갖고 있던 참가자들은 김정연의 칭찬까지 더해지자 이제는 그냥 신뢰한다는 표정들이었다. 특히 김정연과 일을 많이 해 본 이정훈은 신기하다는 표정으로 물었다.

"작가님이 누구 칭찬하는 거 드문데 신기하네. 태진 씨, 굉장한데요?"

"아니에요. 좋게 말씀해 주신 거죠."

"좋게라도 저렇게 대놓고 칭찬하는 걸 한 번도 못 봤는데요. 칭찬하더라도 간단하게 '잘했네' 정도가 다인데. 엄청 마음에 들었나 본데요. 어쨌든 이러니까 고속 승진 했구나."

태진은 멋쩍음에 손을 들어 목덜미를 쓰다듬었다. 그때, 정만이 다음 얘기가 궁금했는지 손을 번쩍 들었다.

"저희 두 번째 신은 어떻게 하는 게 좋을까요?"

"아, 그거요. 그것도 좀 바꼈으면 하는데."

다들 눈을 반짝이며 태진의 말에 귀를 기울였다. 약간 부담스러웠지만, 이미 전부 생각을 해 놓긴 한 상태였기에 걱정은 없었다. 다만 김정연이 휴대폰을 보고 있긴 해도 이번에도 듣고 있을 것이기에 신경이 쓰였다. 태진은 김정연을 힐끔 살펴본 뒤 입을 열었다.

"원래는 상사한테 혼나는 회사원이죠? 동료가 위로해 주는 거고."

"동료 아니고 선배예요. 비슷하긴 해요."

"그걸 학교 선생님으로 바꾸는 게 어떨까요?"

"선생님이요?"

다들 의아했지만, 여전히 태진을 신뢰하는 표정이었다.

"앞에 스토리하고 연결되는 식으로 하면 더 좋을 거 같아서요. 그러니까 민주 씨하고 통화한 선생님이 두 번째 스토리에 나오는 거죠."

"아!"

"그러니까 그 선생님이 학생들을 위해서 한 일로 교감이나 뭐 담당 선생님들한테 혼나는 거예요. 공부 잘하는 애한테 왜 바람을 넣냐고, 그런 식으로. 그러면 아마 한 분이 악역을 맡아야 될 거예요."

"제가 할게요!"

학교를 다녀 본 적 없었기에 TV를 통해 본 것들로만 스토리를 만들었다. 참가자들의 반응을 보아하니 다행히 별다른 문제는 없는 것처럼 보였다. 지금도 플레이스 소속의 참가자가 악역에 자신이 있었던 모양인지 바로 손을 들었다.

"그리고 동료 교사가 혼난 선생님을 위로하고 응원해 주는 거죠. 학생들을 위한 마음을 응원해 주면서요. 그럼 혼난 선생님은 다시 힘을 얻어 자기가 하던 대로 학생들을 위한 일을 계속할 테고요."

"그런 선생님을 보진 못했는데 있으면 좋을 거 같아요."

다행히 다들 마음에 들어 하는 모양이었다.

"그리고 마지막하고도 연결을 해 봤어요. 아직 마지막 스토리는 계속 변하고 있죠?"

"네, 나이별로 응원을 하려고 하니까 배역이 좀 그래서요. 저희가 생각한 건 좀 오래된 아파트 경비원이거든요. 요즘 아파트에는 다들 젊으셔서요."

"네, 그건 그대로 가면서 조금만 바꿨으면 하거든요. 그 경비원이 입주민한테 시달리는 거잖아요. 그 부분을 경비업체서 경비원을 교체한다는 통보를 받아서 이제 경비 생활을 더 못 하게 됐다는 그런 내용으로 가도 좋을 거 같아요. 그리고 생각해 보니까 전부 다 나이가 많을 필요는 없을 거 같거든요. 경비원 한 분만 분장을 하고 나머지 분들은 분장 안 해도 될 거 같아요."

"어떻게요?"

"그러니까 앞에 혼났던 선생님이 정만 씨잖아요. 정만 씨가 다른 선생님의 격려가 고마운 마음에 선물을 준비하는 거예요. 간단한 음료수 정도면 될 거 같아요. 그리고 직접 주기는 민망해서 경비실에 맡기는 거예요. 그러면서 경비 할아버지한테도 음료수를 건네는 거죠."

"아! 어?"

스토리가 마음에 들면서도 뭔가가 걸리는 모양이었다.

"그럼 저기 윤중이 형이랑 희애 누나는……."

"네?"

"제가 경비 할아버지 응원하는 거 아니에요?"

"응원이 되겠죠. 그런데 클리셰를 조금 비틀어서 계기를 주려고요. 오히려 경비 할아버지가 누군가를 위로하는 게 어떨까 해요. 누구라도 응원과 위로를 할 수 있다는 얘기가 주제잖아요."

"아!"

"윤중 씨하고 희애 씨가 부부로 나오고, 둘이 다투는 거예요.
부부 싸움 정도 되겠죠. 싸움이란 게 은근히 사소한 일로 벌어
지는 경우가 많잖아요. 그러니까 같이 차를 타고 오면서 희애 씨
가 목이 마르다고 그러면서 마실 거 사 가자고 하는 거예요. 그
런데 윤중 씨는 피곤해서 그냥 집에 다 왔으니까 집에 가서 물
마시라고, 그런 걸로 싸우는 거죠."

다들 결혼을 안 해서인지 약간 의아해할 때, 유재섭이 피식거
리며 웃었다.

"그렇지. 이게 은근히 그런 걸로 싸우게 되더라고요. 뭐, 나만
그런 거 아니고 다 그렇구나. 한 팀장도 그런 걸로 다투나 봐요?"

"네? 저 결혼 안 했는데요."

"음? 그런데 어떻게 알아요."

"그냥 그럴 거 같아서. 드라마에서도 조연들 나오는 장면은 대
부분 별거 아닌 걸로 다투잖아요."

"뭐야, 결혼한 줄 알았네."

태진은 속으로 웃고는 마저 말을 이었다.

"그렇게 집에 도착해서도 분위기가 나아지질 않는 거예요. 오
히려 더 심하게 싸우는 거죠. '잠깐 차 세우고 물 사는 게 그렇

게 어렵냐? 그래? 더러워서 걸어 다닐 거야' 희애 씨는 이 정도
하고 윤숭 씨도 지지 않고 말을 뱉는 거죠. '시끄럽게 왜 소리를
지르냐'고 그러면서. 그 말에 희애 씨가 더 화나서 혼자 막 들어
가 버리는 거예요."

"크크크, 그렇지. 화났는데 남들 시선 의식하는 거 보이면 더
화나지!"

유재섭은 뭐가 그렇게 재밌는지 태진의 말에 적극 동의했다.

"그때, 경비 할아버지가 그 모습을 보는 거죠. 오래된 아파트
는 주차장이 외부에 있잖아요. 그렇게 볼 수 있는 설정이에요.
아무튼 아까 받은 음료수를 가지고 나오는 거죠. 그러면서 어색
하게 않게 '날씨가 엄청 덥네요' 하면서 윤중 씨한테 음료수를 건
네주는 거예요. 그러면서 어서 들어가 보라는 듯 손짓하고요.
그럼 윤중 씨는 부부 싸움이 들킨 것을 민망해하다가 순간 옛날
생각이 나서 부끄러워지는 거예요. 연애할 때는 아프다면 집 앞
으로 죽 사 들고 가고 그랬는데 지금은 남보다 못하다는 생각이
들어서요."

참가자들의 반응이 괜찮았기에 태진은 말을 계속 이었다.

"그러면서 희애 씨한테 달려가서 음료수를 건네면서 푸는 거
죠."

"어떻게요?"

"폭 안아 주면서 '물 말고 이거 마시라 하려고 그랬던 거야. 화내지 마. 자기가 갑자기 화내서 타이밍을 놓쳤잖아.' 이 정도?"

"아, 오글오글……."

"그럼 희애 씨는 어이없다는 표정으로 잠시 보고는 피식 웃는 거예요. 그러면서 '경비 아저씨가 주신 거 봤거든?' 막 그런 거 있잖아요. 화는 풀렸는데 풀렸다는 걸 보여 주기 싫어하는 그런 느낌?"

이번엔 유일한 유부남인 유재섭이 고개를 저었다.

"이런 거 보면 결혼 안 한 게 맞네. 어떤 부부가 그래요. 그냥 싸웠다가도 자연스럽게 풀고 그렇지 누가 저렇게 연애할 때처럼 안아 주고 그래요."

유일한 유부남의 말인 데다가 연애를 해 본 적이 없다 보니 태진도 그 부분에 대해서는 뭐라 말을 할 수가 없었다. 그때, 뒤에 있던 김정연이 웃으며 입을 열었다.

"사람들이 다 똑같진 않겠죠. 한 팀장님이 생각한 부부는 저런 부부인가 보죠. 그리고 우리는 보여 줘야 하는 입장이니까 저렇게 하는 게 맞는 거고요. 전체적으로 흠잡을 데가 없어요. 신마다 연결 고리도 굉장히 좋네요. 시점이 자연스럽게 다음 배우에게 넘어가겠어요. 전체적으로는 한 편의 드라마를 보는 듯한 느낌이 될 거 같고요. 저보다 더 훌륭한데요?"

이번에도 김정연의 칭찬을 받았다. 태진은 자신도 모르게 긴장을 했는지 안도의 한숨을 뱉었다.

"그게 마지막은 아니죠?"

"아! 네, 화해한 부부가 다음 날 아침에 출근할 때, 아파트 경비원이 교체된다는 알림을 보게 되는 거죠. 그리고 부부가 먼저 경비원 할아버지가 계속 일할 수 있게 해 주자는 내용을 그 알림판 옆에 붙여 놓는 거예요. 그리고 그걸 경비원이 보면서 고마워서 살짝 눈시울을 붉히는 정도로 끝나면 좋을 거 같아요. 그리고 마지막에는 다 같이 모여서 캠페인 문구 같은 거 같이 말하면 좋을 거 같아요. 당신의 응원이 누군가에겐 큰 힘이 됩니다. 이런 거."

김정연은 태진의 휴대폰을 옆구리에 낀 채 박수를 치며 다가왔다. 그러고는 휴대폰을 허벅지에 쓱 닦더니 태진에게 돌려주었다.

"마무리까지 깔끔한데요? 이제 알겠네."

"네?"

"아니에요. 한 팀장님 덕분에 내가 할 일이 없어졌는데요? 혹시 회사 관둘 생각 있어요? 관둘 생각 있으면 나하고 같이 일해 보자고 하려고요."

"아……."

"농담 아니고 진심이에요."

너무 직접적인 제안에 뭐라 대답하기가 애매했다. 그러자 김정연이 피식 웃으며 말했다.

"진심이니까 잘 생각해 봐요. 그리고 여러분은 참 좋은 기회를 얻었네요. 축하해요. 다른 팀이 어떤 캠페인을 할지 모르겠지만, 이보다 나을 것 같진 않네요. 아! MfB가 있구나. 참 MfB는 능력도 좋네."

회사가 아니라 이곳에만 출근을 하는 상태였고, 그쪽은 곽이정이 이끄는 1팀이 담당하고 있었기에 무슨 일이 벌어지고 있는지 알 수가 없었다. 하지만 김정연이 저런 말을 하는 걸 봐서는 곽이정이 제대로 준비를 한 모양이었다.

김정연의 칭찬에 참가자들의 얼굴에 화색이 돌며 다들 엉덩이를 들썩거렸다. 빨리 연습을 해 보고 싶은 모양이었다.

"한 팀장님 스토리에 대사 같은 거 다시 짜 보고 시간을 어떻게 맞출지 분배만 잘하면 될 거 같네요. 그럼 한 팀장님은 저 좀 볼까요?"

김정연이 따로 부르는 말에 약간 걱정이 되었다. 이직에 대한 제안이 고맙긴 하지만 아직 MfB를 떠나고 싶은 생각은 없었다. 그러다 보니 불편한 자리가 될 것 같았다. 태진이 아까 앉아 있던 창가 자리에 앉자 김정연이 대뜸 입을 열었다.

"집안이 화목한가 봐요."

"네? 아, 네. 부모님들이 사이가 좋으셔서요."

"그렇구나. 어쩐지 다 따뜻한 냄새가 나서요. 한 팀장님도 그러고 동생분도 그렇고."

"태민이요?"

"글에서 따뜻함이 풍겨 나와요. 그런 건 보통 경험을 통해 나오는 거거든요. 동생분이 한 팀장님 참 잘 따르죠?"

"따른다기보다는 많이 챙겨 주죠."

"그래요? 내가 봤을 땐 많이 존경하고 따르는 느낌인데."

김정연이 태민에 대해서 알 리가 없는데 마치 동생을 잘 알고 있는 사람처럼 말했다.

"강필두 모티브를 태진 씨로 잡은 거 같은데요?"

"저요?"

"강필두가 만능인데 태진 씨도 만능이잖아요. 음악이면 음악, 노래면 노래, 연기면 연기, 분석이면 분석. 거기다가 스토리 구성까지. 지금 들은 것들만 해도 많은 분야에서 전부 다 잘한다는 말들뿐이었어요. 직접 본 것도 있고."

아무래도 오해를 하는 듯 보였다. 자신은 그 정도로 잘난 사람이 아니었다.

"어디 갇혀 있던 적 있어요?"

"아니… 요?"

순간 무언가가 떠올랐다. 강필두처럼 엄청난 세월은 아니었지만, 십 년 넘게 침대 생활을 했었다. 사실상 갇혀 있던 것이나 마찬가지였다. 듣고 보니 자신의 얘기를 소재로 많이 과장되게 썼을 수도 있다는 생각이 들었다.

"농담이에요. 혹시 강필두처럼 몇천 년을 갇혀 있었나 해서요. 그럼 다 잘하는 게 이해가 되니까요."
"아… 그런 건 아니에요."
"목소리를 왜 떨어요. 그런 사람이 어디 있다고. 아무튼, 글이 좀 거칠긴 한데 내용은 재밌네요. 그래서 그런데 잠깐만요."

김정연은 주머니를 뒤적이더니 작은 케이스에서 명함을 꺼냈다. 그러고는 웃는 얼굴로 태진에게 건넸다.

"주로 내 작품 책으로 내려고 만든 회사인데 계약한 장르소설 작가도 몇 명 있어요. 동생분도 같이할 생각 있으면 여기로 전화 좀 달라고 해 주세요."

―김정연 미디어.

태진은 명함을 뚫어져라 쳐다봤다.
명함을 받아 든 태진은 여러 가지 생각이 들었다. 자신의 이름을 걸고 회사를 낸 걸 보면 그저 부업처럼 회사를 차린 것 같진 않았다. 그렇다면 태민에게도 기회가 될 것이었다. 하지만 태민의 성격상 걸리는 부분이 있었다.

"다 보신 거예요?"
"다는 못 봤죠."

정말 태민이 쓴 강필두가 재미있어서가 아니라 자신 때문에 말을 해 준 거라면 나중에 태민이 어떻게 나올지 알 수가 없었다. 스스로를 너무 높게 보는 것처럼 보일까 봐 대놓고 물어보기가 민망했지만, 태민을 생각하면 확실히 해 두는 편이 나을 것 같았다.

"혹시 저 때문에 그러신 건 아니죠?"
"음? 아!"

태진은 답을 듣지 않아도 알 것 같았다. 김정연이 재밌다는 듯 웃고 있었다.

"나 그런 사람 아닌데. 내가 한 팀장님한테 잘 보여야 될 게 있나요? 단지 설정이 재미있어서 그런 거죠. 진행이 조금 서툴기는 해도 다듬으면 좋을 거 같아 보였거든요."
"아! 감사합니다."

태민이 글로 인정을 받았다는 사실에 태진은 어느 때보다 입술을 심하게 씰룩거렸다. 에이전트를 하기로 마음먹었을 때 생각했던 것에 한 발 내디딘 순간이었다.

"감사합니다. 동생한테 바로 알릴게요."

김정연은 그 말을 끝으로 다시 참가자들에게 갔고, 태진은 다시 인사를 꾸벅하고는 연습실 밖으로 나왔다. 그러고는 곧바로 태민에게 전화를 걸었다.

—어, 형.
"태민아, 너 혹시 김정연 미디어라고 알아?"
—김정연 미디어? 모르겠는데.
"드라마 작가님 있잖아."
—아, 그 김정연. 알지. 아! 맞다. 형수가… 아, 한태은 때문에 입에 뱄네. 채이주 씨가 김정연 사단에 들어가서 같이 있구나. 형, 그 사람하고 일해?

태진은 혹시라도 누가 들었을까 봐 주변을 살피고는 다시 말을 이었다.

"같이 일하고 있어. 아무튼 그분한테 우연히 강필두를 보여 드렸거든."
—내가 쓴 거? 으라차차 강필두?
"어."

태민은 무슨 생각을 하는지 잠시 말이 없었다. 그러다 보니 태진도 조심스러워졌다.

"내가 부탁드린 게 아니라 진짜 우연하게 보게 됐어."

─그래서 뭐라는데?

"일단은 글이 굉장히 따뜻하대. 그러면서 소재가 좋다고 그러셨어."

─그래……? 그리고?

김정연이 작품에 대해서 그 외의 말을 한 건 없었다. 그때, 강필두에 대해서 했던 말이 떠올랐다.

"아! 혹시 강필두 모델이 나야? 작가님이 나하고 비슷하다고 그러더라고."

─진짜 읽었네.

"진짜 나였어?"

─그냥 좀 소재만 가져온 거야. 쓰지 말까?

"아니야! 왜! 해도 돼. 내가 그 정도는 아닌데… 그래도 막 마음껏 써도 돼."

─그런데 그 작가는 왜.

태진은 손에 들고 있던 명함을 보며 입술을 씰룩거렸다.

"같이 일할 생각 있으면 연락해 달래."

—난 드라마 써 본 적 없는데⋯⋯? 지금 글도 이제 두 번째 쓰는 건데.

"드라마작가 하라는 게 아니야. 김정연 미디어에 장르소설 작가도 몇 명 있나 봐. 그래서 너도 왔으면 하는 거 같더라고."

—나? 진짜 나?

"응, 재미있다고 그랬어."

—잠깐만.

태민의 목소리가 떨리는 것이 느껴졌고, 휴대폰 너머로 키보드를 치는 소리가 들려왔다. 아마도 김정연 미디어를 검색해 보는 모양이었다.

—아⋯ 진짜 나라고? 파이온에서 거의 1년 동안 1위인 작품도 김정연 미디어 소속이야!

"그래? 그건 몰랐어. 그럼 잘된 건가?"

태민은 믿기지 않는지 몇 번이나 되물었다. 그동안 자기가 쓴 원고를 직접 출판사에 보냈던 적은 있었지만, 어디서 먼저 손을 내민 건 처음이다 보니 쉽게 믿기지 않는 모양이었다.

"조금 다듬으면 괜찮을 거 같다고 하셨어. 연락해 볼래?"

—후⋯ 이게 무슨 일이지.

"내가 명함 사진 보내 줄 테니까 연락해 봐."

─알았어.

태민의 하겠다는 말에 태진은 그제야 안도의 한숨을 뱉었다. 그때, 태민이 갑자기 태진을 불렀다.

─형.
"어?"
─고마워.

태민은 곧바로 전화를 끊어 버렸고, 태진은 놀란 표정으로 휴대폰을 쳐다봤다. 감정 표현을 말로 하기보다는 몸으로 하는 태민이었다. 미안하다는 말 대신 산책을 한 번이라도 더 나가던 태민의 입에서 고맙다란 말을 들었다. 그러다 보니 지금 이 일이 태민에게 있어 얼마나 큰일인 것인지가 느껴졌고, 동시에 태민이 잘됐으면 하는 바람도 커졌다.

태진이 엄청 들뜬 기분으로 다시 연습실로 들어가려 할 때, 휴대폰이 또다시 울렸다. 번호를 보니 라온의 이종락이었다.

"이 부장님! 안녕하세요! 하하."
─어……? 맞는데? 한 팀장님 휴대폰 아니에요?
"전데요."
─아, 깜짝이야! 다른 사람인 줄 알았네. 웃는 거 처음 듣는데요?
"아, 지금 좀 좋은 일이 있어서요."
─그래요? 우리도 좋은 일 있는데! 저희 녹음 다 했다고 알려

드리려고요. 언제쯤 시간 괜찮으세요?

"아! 녹음 벌써 끝난 거예요?"

―그럼요! 아주 입에 착착 붙어서 그런지 금방 끝났어요. 그래서 한 팀장한테 들려 드리고 마스터링 작업 하려고 하는데 시간 괜찮으세요?

"지금은 안 되고 이따 밤에 한 9시쯤 가도 될까요? 너무 늦나요?"

―아니에요. 오신다고 하시면 새벽이라도 기다려야죠.

"그럼 이따가 뵐게요!"

―엄청 좋은 일 있으셨나 보네. 하하하

통화를 마친 태진은 가벼운 발걸음으로 연습실로 향했다.

*　　　　*　　　　*

홍대 라온 스튜디오에 도착한 태진은 차에서 내리지 않고 있었다.

"죄송해요. 이따가 밤에 제가 연락드릴게요. 언제쯤 드리면 될까요?"

―바쁘시면 괜찮아요… 태진 씨도 쉬셔야 되잖아요.

"아니에요! 괜찮아요. 혹시 촬영하실 수도 있으니까 매니저님한테 연락할게요."

―괜찮은데……

시무룩한 목소리는 바로 채이주였다. 태진의 스케줄 때문에 연기 연습을 할 수 없다는 말을 들은 뒤부터 저런 상태였다.

"늦더라도 연락할 테니까 촬영 잘하세요."

통화를 마친 태진은 큰 한숨을 뱉었다. 10년이 넘는 휴식을 가진 만큼 밀린 일을 몽땅 처리하고 있는 기분마저 들었다. 그래도 자신을 찾아 주는 사람이 있다는 것을 위안으로 삼으며 차에서 내렸다.

라온 스튜디오에 들어서자 익숙한 얼굴들이 보였다. 이종락은 물론이고 강유와 다즐링 멤버들까지 기다리고 있었다.

"안녕하세요."
"한 팀장님! 일찍 오셨네요!"
"9시에 온다고 해서 맞춰 왔어요."
"벌써 9시예요? 한 팀장님 기다리다 보니까 시간이 금방 가네요! 하하."

가벼워 보이는 이종락의 모습에 태진은 속으로 웃음을 삼키며 안으로 들어갔다. 그러자 이종락이 웃으며 대뜸 얼굴을 내밀었다.

"커피는 잘 드셨죠?"
"아! 진짜 잘 먹었어요."

커피를 안 마셨지만, 성의를 생각해 거짓말을 할 수밖에 없었다. 그리고 통화로 감사하다는 말을 했는데 또 커피 차 얘기를 꺼내 생색을 냈다. 만나자마자 저런 말을 하는 이유가 눈에 보일 정도로 티가 팍팍 났다. 아마 신경을 써 달라는 의미일 것이었다. 곽이정처럼 뒤에서 일을 꾸미는 게 아니라 대놓고 말을 하는 모습이 태진을 웃게 만들었다.

"다음번에는 과일까지 곁들여서!"
"아니에요. 진짜 아니에요."
"에이, 아니긴요! 애들한테 해 주신 게 있는데."

그때, 강유가 태진에게 인사를 건네고는 이종락을 나무랐다.

"한 팀장님 숨 좀 쉬게 해 드려라. 뭘 그렇게 커피 차 하나로 생색을 내."
"생색이 아니지! 아무튼 커피라도 드릴… 아니지, 오늘 커피 차로 많이 드셨겠지. 차라도……."
"어휴, 저렇게까지 하고 싶을까. 한 팀장님이 이해해요. 아주 지금 기분 업 돼서 저래요."

태진은 입술을 씰룩이며 웃었다.

"녹음이 잘됐나 봐요."
"엄청 잘됐죠. 가사가 이상해서 그러지."

"19금 곡으로 내도 되는 거예요?"

"그렇죠. 음원으로만 내는 거니까요. 19금 '왜'는 심의 통과 안 되서 라디오에서도 못 나올 거예요. 그런데도 너무 좋으니까 저러는 거죠."

대체 어느 정도길래 이종락의 입이 귀에 걸려 있는지 태진도 궁금했다.

"궁금해지는데요?"

"아! 들어 보세요. 제가 보기에는 요한이 도입부가 진짜 신의 한 수예요."

강유는 곧바로 '왜'를 재생했고, 스피커에서 요한의 목소리가 들려왔다. 그 순간 태진은 고개를 끄덕거렸다. 두통이 있을 때 자신이 불렀을 때와 비슷했지만, 스튜디오에서 녹음을 해서인지 훨씬 낫게 들렸다.

'좋다……'

역시 도입부는 상상한 대로 좋았다. 하지만 이다음부터가 문제였다. 요한의 파트가 끝나자 갑자기 기계음 같은 소리가 들려왔다. 그 소리가 멈춤과 동시에 은수의 목소리가 들렸다.

"A! I will mess you up."

원래는 Mess you up이었는데 문장을 완성하자 훨씬 느낌이 살아났다. 순식간에 분위기가 반전되는 느낌이었다. 그리고 점차 멤버들의 목소리가 쌓이기 시작했다. 상상하며 혼자 불렀던 것 이상이었다. 태진이 불렀을 때와는 다르게 멤버들의 목소리로 더블링까지 해서인지 힘이 다른 느낌이었다. 그래서인지 듣고 있는 태진의 몸에도 힘이 들어가는 기분이었다.

게다가 저질 가사가 멤버들과 너무 잘 맞아떨어졌다. 단어만 놓고 보면 완전 저급한 가사인데 그 가사로 완성된 노래는 그런 느낌이 아니었다. 마초 같은 느낌이 강하면서도 요한의 목소리 덕분에 선을 넘지는 않았다. 균형이 잘 잡힌 느낌이었다. 아마 몇 번을 녹음한다 하더라도 이보다 더 좋은 느낌은 들지 않을 것 같았다.

노래를 다 들은 태진은 진심으로 박수를 쳤다. 두통이 없다면 절대 따라 할 수 없는 분위기였다. 그러자 이종락이 박수보다 대답을 듣고 싶은지 웃으며 물었다.

"어때요?"

"정말 좋은데요? 가사 때문에 걱정했는데 전혀 싸구려 가사처럼 들리지 않아요."

"그렇죠? 역시 듣는 귀가 엄청나다니까. 강유 형이 고생 좀 했죠. 침대 같은 이상한 가사에 신경 안 쓰이게 바로 앞부분에서 더블링 쳐서 힘주고, 끝나고 바로 뒤에 또 그렇게 작업하고. 그래 놓으니까 좋더라고요."

"아, 그렇구나. 정말 좋아요."

"그래요? 그래도 일단 한 번 더 들어 보세요. 하하. 이상한 부분이 있을 수도 있으니까!"

태진은 몇 번이나 19금 버전의 '19 왜'를 들었고, 활동할 곡인 '왜'도 들어 보았다. 확실히 '19 왜'가 훨씬 좋은 느낌이었지만, 그 곡으로 활동할 수는 없었다. 그러다 보니 태진도 약간 아쉽다는 생각이 들었다.

"그럼 활동할 수 있는 곡으로 찾아볼까요?"

"아닙니다! 아니에요! 충분합니다."

이종락은 충분히 만족한 모양이었다.

"우리 애들 때문에 고생하신 걸 아는데 어떻게 또 그런 부탁을 합니까."

"저도 월급 받는 일인데요."

"아닙니다! 충분해요. 이 정도 곡이면 음원차트 상위권은 갈수 있을 거 같습니다."

"그런가요?"

"그렇죠. 이제 내일 모레에 '라이브 액팅' 첫 화 나가잖아요. 그러면 이제 다음 주에 우리 은수 'Solo' 나가고! 그렇게 은수가 관심을 모았을 때! '왜'로 짜잔! 하면 관심을 이어 갈 수 있는 거죠. 지금은 시기도 참 중요해서 이대로 하는 게 좋을 거 같습니다!"

"아……."

거기까지 생각하지 못했던 태진은 이해가 되었다는 듯 고개를 끄덕거렸다. 그와 동시에 시간이 참 빠르게 흐른다는 것이 새삼 느껴졌다. 집에서 TV 볼 때는 뚝딱하고 만들어지는 줄 알았는데 막상 제작 과정을 옆에서 보니 시간이 어떻게 흘러가는지도 모를 정도로 바빴다.

'그러고 보니 내일모레가 첫 방송이구나.'

이종락의 웃음처럼 누군가에게는 기회가 될 수도 있는 방송이 이제 시작이었다.

제7장

—

채이주 코인

이틀 뒤. 주말이 되었지만 라이브 액팅이 진행되는 동안에는 주말은 없는 것이나 마찬가지였다. 태진은 지금도 참가자들의 촬영 현장에 나와 있는 중이었다. 촬영은 가장 섭외가 어려운 아파트 단지부터 시작되었다. 아파트가 나오는 장면이 그렇게 많지는 않지만 중요한 장소다 보니 먼저 촬영하는 것으로 정해졌다.

"어때요? 한 팀장님이 말한 이미지하고 완전 딱이죠? 경비실 양쪽으로 주차장 쫙 있고. 오래된 아파트인데도 꽤 깔끔해 보이고요."
"그러네요."

태진에게 말을 건 사람은 플레이스 이창진 실장이었다. 회사에 영화배우들이 많은 덕분에 영화 관계자들에게 도움을 받았다고 들었다. 아마 지금 아파트도 사전에 알아봐 둔 장소일 것이었다.

"엄청 빨리 구했네요."

"우리 팀들이 고생 좀 했죠. 로케이션 매니저하고 같이 다니면
서 입주민들한테 양해 구하고 아주 난리도 아니었어요. 그래도
뭐, 다행히 여기 아파트 입주민들하고 아다리가 맞아떨어져서요."

"아다리요?"

"여기가 아파트가 재건축도 허가도 안 나고 가격도 잘 안 오른
대요. 그래서 방송에 나오면 집값이 조금 오를 수도 있을 거 같다
고 그러더라고요. 우리 스토리도 따뜻한 얘기니까 더 환영하는
거죠. 그래서 오늘 낮에 2시간 허가받았고요. 이따가 밤 10시부
터 11시 30까지. 이게 좀 힘들긴 한데, 그래도 입주민 있는 아파
트 섭외하는 거 자체가 굉장한 거죠."

"아……."

모든 일에 이해관계가 얽혀 있었다. 다만 왜 이런 얘기를 자신
에게까지 알려 주는 건지 의아했다.

"아무튼 한 팀장님이 상상하던 아파트 그대로죠?"

"네, 비슷해요."

"다행이네요. 우리 플레이스하고 한 팀장님하고 꽤 잘 맞는
거 같죠? 하하."

정작 중요한 건 연기를 하고 있는 참가자들인데 왜 자신 옆에

붙어서 이러는 건지 불편하기만 했다. 그때, 촬영감독과 함께 있던 유재섭이 태진을 찾았다.

"한 팀장님, 같이 봐 주세요."

태진은 잘됐다는 생각에 아쉬워하는 이창진에게 가볍게 고개를 숙이고는 유재섭에게 향했다.

"경비실이 생각보다 좁아요. 그래서 각도가 너무 안 좋아요. 이거 보시면 최대한 뒤로 뺀 거거든요. 그런데도 너무 가까워 보여서 답답한 느낌이에요."

태진은 유재섭이 가리킨 화면을 봤다. 다른 아파트의 경비실보다 훨씬 좁아 보였다. 그래서인지 유재섭 말처럼 답답한 느낌이 있었다. 그때, 언제 뒤따라왔는지 이창진이 뒤에서 조심스럽게 말했다.

"보통 옛날 경비실들이 이렇죠. 1층에 붙어 있는 거 아니고 나와 있는 건 대부분 이래요. 여기 짐이 좀 많아서 그런가. 짐을 좀 뺄까요?"
"시간이 없을 텐데? 이 실장이 오늘은 두 시간이라고 했잖아. 그리고 짐 빼도 그렇게 넓지가 않아."

유재섭이 대신 대답을 하는 동안 태진은 직접 보기 위해 경비실로 향했다. 문을 열고 들어가니 경비원 역을 맡은 오동훈이 부채질하는 모습이 보였다. 날도 더운데 분장까지 해서 더 더운 모양이었다.

"잠깐만요. 제가 좀 볼게요. 나가서 바람 좀 쐬세요."
"그래도 되나요? 어후, 요즘 경비실에 에어컨도 있고 그런다더니 여긴 그런 것도 없네요. 엄청 덥네."

오동훈이 나가자 태진은 경비실 의자에 앉았다. 유재섭의 말처럼 공간이 너무 좁았다. 거기다가 책상은 왜 이렇게 큰지 경비실의 반이나 차지하고 있었다. 열악한 환경을 보여 주려면 상관이 없는데 스토리상 이런 부분까지 보여 줄 필요는 없었다. 오히려 집중을 방해할 수 있다는 생각이 들었다.

태진은 가만히 의자에 앉아 봤다. 그런데 앉아서 밖을 보자 통유리로 되어 있는 덕분에 시야가 뻥 뚫려 있어 답답함이 덜했다. 밖에서 경비실을 볼 때와 경비실 안에서 밖을 볼 때의 느낌이 달랐다. 그때, 또 뒤따라온 이창진이 태진에게 말했다.

"시간이 많지 않은데 빨리 결정하는 게 좋을 거 같은데요? 지금 빼면 양해 구하고 밤 신에도 그대로 사용하면 되는데. 어차피 내용만 다르지 배경은 같은 장면이잖아요."

태진이 고개를 끄덕거리려던 순간, 내용이 다르다는 것이 떠올랐다. 태진은 급하게 자리에서 일어나 경비실 밖으로 나갔다.

그러고는 밖에서 경비실을 쳐다봤다.

'확실히 답답해.'

그러고는 또다시 경비실로 뛰어 들어가 의자에 앉았다. 그렇게 몇 번이나 왔다 갔다 하는 모습에 사람들이 의아해했다. 그 모습에 유재섭도 참지 못하고 태진에게 물었다.

"저기, 한 팀장님! 뭐 하세요?"

태진은 그제야 유재섭과 촬영감독에게로 다가갔다.

"이렇게 하면 어떨까요. 일단은 해고 통지서 있잖아요. 경비실 책상에다가 그것만 올려놓는 거예요. 그 한 장으로 어떤 상황인지 사람들이 알 수 있잖아요. 그리고 카메라는 경비실 밖에서 찍는 거예요. 영화에서 보면 그, 점점 멀어지는 거 있잖아요."
"줌아웃 말씀하시는 건가?"
"그런 용어는 잘 몰라서요. 경비실 안 경비원에게 초점을 두고 카메라만 점점 멀어지는 거예요. 그럼 굉장히 답답해 보이더라고요. 그렇게 경비원의 마음을 담을 수도 있을 거 같아요."
"오, 괜찮은데요."
"그리고 밤 신은 크게 문제가 되지 않아요. 그보다 스토리상 며칠 뒤에 나오는 내용 있잖아요. 입주민들이 경비원 바꾸지 말자고 하는 내용. 그때는 정반대로 경비실 안에서 촬영하는 거예요."

"좁다니까요? 그럼 더 답답할 텐데."

"그렇게 말고요. 카메라를 경비원 시점처럼 하는 거예요. 아무래도 지금이 미션이니까 경비원도 나와야 할 것 같거든요. 그러니까 경비원이 고마워하는 표정만 담고 카메라는 경비원의 시야를 따라가는 거죠. 영화 보면 주인공 어깨 걸치고 배경 나오는 장면들 있잖아요. 그렇게요. 안에서 밖을 보면 확 트인 느낌이 들거든요."

"O.S?"

"네?"

"한 팀장님이 말하는 게 오버 숄더 샷이에요. 그거 괜찮은데요."

설명을 들은 유재섭과 촬영감독이 고개를 끄덕거렸다. 그러고는 시간이 없는 만큼 빠르게 스태프들을 불러 모아 태진이 말한 의견대로 촬영을 바꾸기로 결정했다.

"한 팀장님 대단한데요? 영화는 내가 훨씬 많이 찍어 봤는데 나보다 더 잘 아네."

유재섭은 엄지까지 치켜세우며 태진을 칭찬했다.

"어떻게 그렇게 잘 아세요? 감각인가?"

"영화나 드라마를 많이 봐서 그런가 봐요."

"그래도 봤으면 얼마나 봤겠어요."

거의 모든 드라마를 봤던 태진은 속으로 웃었다. 인생의 절반을 TV와 함께 보냈다. 물론 지금과 똑같은 장면이 있었던 건 아니었지만, 비슷한 느낌의 장면은 여럿 있었다. 그냥 본 것도 아니고 흉내를 내면서 보다 보니 같은 장면을 몇 번이나 반복해서 봤던 적도 있었다. 그러다 보니 상당수의 장면들이 기억에 남아 있었다. 심지어 배경은 물론이고 배우들의 호흡까지 전부 기억하고 있는 상태였다. TV로 그 긴 세월을 버텼는데 이제는 그것들이 바탕이 되어 태진의 길을 밝혀 주고 있었다.

*　　　　*　　　　*

주어진 2시간 내 할 수 있는 한 최대한 많은 촬영을 했다. 시간이 좀 더 많았다면 더 나은 연기를 할 수도 있었을 텐데 주어진 시간이 너무 적었다. 다른 참가자들이 어떤 연기를 할지 몰라도 지금 장면의 참가자들이 불리한 건 사실이었다. 그럼에도 오늘 촬영에 참가했던 세 사람은 만족하진 않더라도 불만이 있어 보이진 않았다. 그보다 곧 시작할 '라이브 액팅'의 첫 방송을 더 궁금해했다.

밤까지 시간이 많이 남아 있었기에 촬영을 마친 참가자들과 구경과 응원을 나온 참가자들까지 모두가 함께 버스에 자리했다. 버스 안에 따로 TV가 설치되어 있지 않아 휴대폰 하나로 같이 보는 참가자들도 있었고, 혼자 조용히 보는 참가자도 있었다. 태진도 처음에는 참가자들과 함께 있었지만, 유재섭이 편하게들 보라며 자리를 피해 준 탓에 태진도 자리를 옮겨 지금은 자신의 차에 있는 중이었다. 이 편이 오히려 편하기도 했기에 태진은 시트를 젖힌 채 휴대폰을 봤다. 이제 곧 방송이 시작하려 할 때, 갑자기 전화가 왔다.

　—태진 씨, 이제 곧 시작해요!
　"지금 촬영 중이신 거 아니에요?"
　—촬영 중이죠! 잠깐 쉬고 있어요. 오늘 윤중 씨하고 희애 씨는 잘했어요?
　"아, 네. 지금까지는 잘했어요. 저희도 지금 밤 신 촬영 기다리고 있어요."
　—아! 그럼 방송 볼 수 있겠구나!
　"지금 보려고 하고 있었어요. 채이주 씨도 보시는 거예요?
　—아니요… 아마 못 볼 거 같아요. 이따가 봐야죠! 혹시 보다가 저나 우리 팀 이상하게 나오면 알려 주세요! 그리고 내일은 밤에 촬영이라서 오전에는 회사 들렀다가 오후에는 플레이스로 갈게요.

　요즘 거의 밤샘 촬영이라서 피곤할 텐데도 신경이 쓰이는 모양이었다. 책임감도 강하고 노력도 하며 다른 사람까지 생각할 줄 아는 사람이었다. 그러다 보니 채이주를 도와주길 잘했다는 생각마저 들게 만들었다.

　"피곤하실 텐데 좀 쉬셔도 되요."
　—어떻게 그래요! 아기 새들 같은데 엄마 없으면 안 되잖아요!

아무튼 최대한 시간 맞춰서 갈게요. 아, 맞다! 태진 씨 커피 차 받았다면서요! 나도 못 받아 봤는데!

"어? 못 받아 보셨어요?"

―누가 줘야지 받아 보죠! 와, 난 받아 보지도 못했는데 태진 씨한테 온 거 먹어 보지도 못했어!

"내일 오시면 제가 커피 사 드릴게요."

―농담이에요! 사 줄 거면 내가 사 줘야죠!

"네?"

―나 연기 잘한다는 말 또 들었어요! 배진성 선배가 박수까지 쳐 줬어요. 다 태진 씨 덕분이에요.

"아니에요. 전 그냥 같이 읽어 드린 건데요."

―뭐가 그냥이에요. 완전 똑같이 해 줘서 진짜 촬영할 때도 긴장 하나도 안 돼요! 진짜 내 인생 통틀어서 최고의 은인이에요!

매일 밤 영상통화로 연습을 한 결과가 나오는 모양이었다. 처음에 촬영장 갈 때는 긴장하는 게 느껴졌는데 이제는 긴장은커녕 굉장히 즐거워하는 것처럼 보였다.

―나 부른다! 그럼 내일 봐요! 아니, 이따 밤에 전화할게요!

통화를 마친 태진은 가볍게 웃고는 다시 방송을 켰다. 마침 광고가 끝나고 방송이 시작하려 했다. 그때, 창문을 두드리는 소리가 들렸다. 창문을 보니 이창진이 보였고, 태진은 시트를 올리며 창을 내렸다.

"저 타도 되죠?"

"아, 네. 타세요."

"더운데 커피 좀 드시라고요. 하나는 돌체라떼고, 하나는 아 안데 뭐 드실래요?"

커피를 마시지 않지만 그나마 라떼가 나을 거라는 생각에 돌체라떼를 받아 들었다. 그러자 이창진이 웃으며 말했다.

"다들 쉬고 있어서 볼 데가 있어야죠. 라액 좀 같이 보려고요. 불편하신 거 아니죠?"

"네, 괜찮아요."

몹시 불편했지만, 대놓고 말하기는 어려웠다. 아직 이렇다 할 친분이 있는 것도 아니었기에 어색하기까지 했다.

"생각보다 작은 차 타고 다니시네요. 이건 뭐예요?"

"아, 제가 장애가 있어서요."

"으잉? 어디가요?"

"지금은 괜찮은데 이걸로 배워서요."

핸드 컨트롤러가 신기했는지 딱 봐도 만져 보고 싶어하는 표정으로 관심을 보였다. 그럴수록 더욱 어색했기에 태진은 약간 말을 돌렸다.

"내비로 TV가 안 나오는데 휴대폰으로 볼까요?"

"그러네요. 내비도 완전 작네. 이거 순정이죠? 이거보단 제 태블릿이 낫겠는데요? 태블릿으로 볼까요?"

아무래도 이창진과 같이 봐야 할 것 같았다. 괜히 실랑이를 벌이다가 혹시라도 참가자들이 나오는 장면을 놓칠까 봐 태진은 이창진의 제안에 응하기로 했다. 그렇게 작은 경차 안에 건장한 남성 두 명이 같은 화면을 보게 되었다.

화면에는 심사 위원들의 소개가 끝이 났는지 참가자가 나오고 있었다. 이미 현장에서 직접 봤지만, 화면으로 보는 느낌은 또 달랐다. 시청자의 반응을 이끌어 내려는지 참가자들의 연기 중간중간 심사 위원들이나 관객들의 표정을 담았다. 그리고 신기하게도 유독 심사 위원들 중 한 사람의 얼굴이 많이 잡혔다.

"최 PD 안 되겠네! 이럼 불공평하지. 채이주 코인 타려고 그러나 왜 채이주만 잡아!"

이창진의 말처럼 유독 채이주만 많이 나오는 중이었다.

심사 위원의 표정이 나올 때면 항상 채이주가 끼어 있었고, 채이주가 디테일한 심사 평을 할 때는 가장 마지막으로 배치해 놓기까지 했다. 확실히 채이주를 배려했다는 것이 느껴졌다. 아마도 채이주의 Solo 덕을 보고있었기에 최대한 이용해 보려는 것처럼 보였다.

태진도 채이주가 많이 나오는 건 환영이었지만, 약간의 아쉬움도 있었다. 아무래도 오디션이다 보니 주인공은 참가자들이었다. 그런데 관객이나 심사 위원들을 비추는 장면이 너무 많았다.

방송 시간은 제한되어 있고, 참가자들의 수는 많다 보니 누군가는 TV에 못 나올 수도 있었다. 아니나 다를까 이창진의 표정이 좋지 않았다.

"왜! 우리 애들 두 명이나 안 나오는 거지?"

"다음 주에 나오지 않을까요? 보통 예선 나오는 건 2주 정도 하잖아요."

"하, 참. 진짜 뭐 하자는 건지 모르겠네. MfB는 지금 다 나왔어요?"

"아니요, 저희는 3명 안 나왔어요."

"다음 주에 나오려나."

이제 방송 시간이 얼마 남지 않았다. 그때, 한 명의 참가자가 올라오는 모습이 나왔다. 그리고 화면에는 참가자가 아닌 심사 위원들과 관객의 표정부터 잡았다. 다른 참가자들과 다르게 등장만 했을 뿐인데 관객들이 술렁였다. 잠시 뒤, 화면에는 익숙한 얼굴이 나오기 시작했다.

"권단우네! 화면발도 어마어마하네. 와, 실물이 잘나면 보통 화면에 다 안 담기는데 기가 막히네."

"아세요?"

"알죠. 저렇게 잘생긴 애는 처음 봤는데. 그리고 한 팀장도 알
잖아요."

"아, 알죠."

"너무 잘생겨서 안타까운 케이스죠. 이렇게 조각같이 생긴 애
들은 외모 때문에 배역이 한정되어 있어요. 아니면 연기를 진짜
잘하면 상관이 없는데 이 친구는 그 정도는 아니거든요."

태진도 동의하는 바였다. 뮤직비디오에서는 외모와 역할이 잘 맞
아떨어진 경우였지만, 예선에서의 연기는 태진도 그다지 좋게 보진
않았다. 지금 화면에서 하는 연기를 보니 똑같은 생각이 들었다.

"그래도 애는 어떻게든 TV에 나올 관상이에요. 모델이 됐든,
가수가 됐든."

"배우 하고 싶다고 들었어요."

"하고 싶다고 다 할 수 있는 건 아니죠. 그런데 그런 말은 어
떻게 들으셨어요?"

"아, 그냥 지나가다 들었어요."

"하긴 그러니까 여기 나왔겠죠. 그래도 성공은 했네. 시간 보
니까 얘가 엔딩이라서 힘준 거 같은데. 그렇죠?"

태진도 같은 생각이었다. 심사 위원도 서로 자신의 팀에 데려
가려고 칭찬만 하고 있었다. 심사 평만 들으면 당장 주연을 해도
모자라지 않을 것처럼 보였다. 그러다 보니 이어서 뒤에 나오는
사람이 있다면 불쌍해질 것 같았다. 차라리 권단우에서 끝나는

게 다른 참가자들을 위해서라도 좋을 듯 보였다. 그때, 권단우가 들어갔는데도 방송이 끝나지 않았다. 시간이 아주 조금 남아 있었다. 그때, 무대에 한 사람이 올라오는 모습이 보였다.

"정만 씨네······."

이때, 최정만의 연기는 심사 위원들에게 혹평을 상당히 많이 받았었다. 채이주와 지금 플레이스의 유재섭만이 칭찬을 한 연기였다. 그렇게 최정만의 연기가 시작되었고, 이미 결과를 알고 있음에도 어째서인지 굉장히 긴장되었다.

"이 친구는 진짜 아까워요. 우리가 데려왔어야 하는데. 그때 우리가 의견만 잘 맞았어도 우리 팀 오는 건데."
"왜요?"
"마스터 카드 쓰자 말자로 좀 의견이 갈렸거든요. MfB는 안 그랬어요? 하긴 곽이정은 제멋대로 하니까 그럴 땐 좋겠네. 이 친구가 인성이 좋아 보여서 우리하고 잘 맞을 거 같았는데 실제로 보니까 진짜 인성도 좋은 거 같고."
"착해요. 열심히 하고요."
"그러니까요. 원래 연기하는 것만 봐도 좀 느껴지잖아요. 이 친구 호흡을 상대방까지 있는 것처럼 연기하는데, 그런 걸 보면 배려도 있고. 연기라는 게 혼자 하는 게 아니거든요."

정말 아쉽다는 표정으로 화면을 보던 이창진이 태진을 힐끔

처다봤다.

"뭐, 그래도 우리한테 안 왔을 수도 있겠네요. 정만 씨가 한 팀장님 엄청 따른다고 들었어요. 그런데 방송하기 전에 참가자 들한테 미리 작업 치는 건 반칙인 거 아시죠?"

"아, 전 그냥 연기가 느는 게 보여서 신기해서 좀 더 잘됐으면 하는 생각에 그랬어요."

"농담이에요. 뭘 또. 아무튼 얘도 신기한데 내가 더 신기한 건 한 팀장님이에요."

"저요?"

"분명히 이 바닥은 초짜인데 연기를 어떻게 그렇게 잘 보는지 그게 너무 신기해요. 누구한테 도움 주는 것도 그렇고. 우리 진 성이가 누굴 그렇게 칭찬하는 애가 아닌데 채이주 칭찬을 어마 어마하게 해요. 재촬영에 짜증 내던 놈이 주연 바뀐 게 잘된 거 라고 그러면서 자기하고 진짜 잘 맞는다고 그러더라고요."

"아! 채이주 씨한테 잘해 주신다고 들었어요."

"아무튼 진짜 신기해요. 뭐 하다가 갑자기 튀어나왔는지."

태진은 대답하기가 애매했기에 입을 다물었다. 칭찬이 고맙긴 했지만, 그보다 정만의 연기를 화면으로 보고 싶은 마음이 더 컸 다. 하지만 이창진 때문에 정만의 연기를 제대로 보지 못한 채 심 사 평으로 넘어가 버렸다. 아니나 다를까 현장에서 봤던 대로 최정 만의 작품 선택을 지적하며 연기까지 아쉽다는 평이 주를 이었다.

그런데 어째서인지 좋은 평가를 해 준 유재섭이 편집되어 있었다. 그리고 갑자기 채이주가 클로즈업되었다. 화면 속 채이주는 뭐 때문인지 씨익 웃고 있었다. 실제로 봤었을 때는 저렇게 웃은 적이 없었는데 화면에서는 웃고 있었다. 아마도 다른 장면에서 가져온 듯했다. 그러고는 다시 정만의 표정이 나오고 XXX를 받고 탈락이 떠 있는 화면이 나올 때, 채이주의 목소리가 들렸다.

―잠시만요.

그 말과 함께 화면에 나온 채이주는 마스터 찬스 카드를 들고 있었고, 그것으로 1화의 방송이 끝나 버렸다. 그와 동시에 이창진이 어이없다는 듯 헛웃음을 뱉었다.

"이건 너무하지! 이거 너무 편파적인데! 한 팀장이 보기에도 그렇죠? 같은 회사라고 옹호하지 말고 객관으로 봐서!"
"네? 좀 극적으로 보이려고 여기서 끊은 거 같은데요."
"와! 자기네 회사라고 펀드는 거예요? 지금 채이주가 라이브 액팅 기대감 올렸다고 해도 이건 아니죠! 우리 재섭이 형 심사도 잘라 버려서 채이주만 눈 좋은 걸로 보일 거 아니에요. 그리고 그때 기사 났었죠! MfB랑 채이주랑 사이 안 좋다고! 그거 다시 떠오르면서 채이주 슈퍼 안목설 돌 테고! 아오, 머리야."

듣고 있던 태진도 그럴 수 있을 거란 생각이 들었다. 예전의 기사가 다시 수면 위로 떠오르면서 채이주의 연기력에 힘을 실어 줄 것이었다. 게다가 마지막에 배치되어 권단우와 최정만의 대결 구도까지 만들어졌고, 권단우의 탈락으로 최정만에게 힘이 쏠릴 것이 분명했다.

오디션이다 보니 시청자들의 반응에 따라 집중도가 달라지겠지만, 지금까지는 최정만이 가장 유력한 우승 후보가 될 것처럼 보였다. 경쟁자인 이창진이 저렇게 화를 내는 것도 어느 정도 이해가 되었다.

*   *   *

자정이 넘기고서야 숙소로 돌아온 정만은 침대에 벌러덩 누웠다. 자신의 촬영이 없었음에도 마치 하루 종일 촬영만 하고 들어온 느낌이었다. 아마도 라이브 액팅의 첫 방송 때문에 긴장을 너무 한 모양이었다.

"후우, 동건이 형은 아직인가 보네."

예선을 합격하고부터 숙소에 들어와야 했고, MfB에 남아 있는 동건과 같은 방을 쓰고 있는 중이었다. 다른 때 같았으면 전화를 했을 텐데, 오늘 방송에서 동건이 아직 나오지 않았기 때문에 지금은 혼자 있는 것이 편했다.

오늘 촬영장에서도 방송이 나간 뒤부터 분위기가 완전 달라져 버렸다. 더 이상 화기애애한 분위기가 아니었다. 방송에는 나왔지만, 마치 들러리처럼 스쳐 지나가는 것처럼 나온 참가자들은 좀 더 열심히 해야겠다는 결의를 다지기도 했고, 아직 방송에 나오지 못한 사람은 다음 주에도 나오지 않을 수 있다는 생각에 실망하며 불안해했다.

그런 사람들 때문에 중요한 인물처럼 나온 참가자들은 마냥 기뻐할 수가 없었다. 옆에서 축하해 주며 부럽다는 말을 하긴 하지만, 모두가 같은 목표를 갖고 있었기에 실망이나 불안해하는 마음을 다 알고 있었다. 그래서 일부러 더 기사 같은 걸 보지 않았다. 물론 엄청 궁금하기는 했지만, 팀 미션을 하는 중에 혼자만 휴대폰을 보면 팀워크에 금이 갈 수도 있다는 생각에 지금까지 참고 있었다.

옆으로 누운 정만은 이제야 휴대폰에 자신의 이름을 검색했다.

"별로 없는데……?"

정만에 대한 기사가 몇 보이기는 했다. 하지만 생각만큼 많은 기사는 아니었다. MfB에서 에이전트가 직접 연락까지 해서 어떻게 행동해야 하는지 다시 확인을 하며 주의까지 줬다. 이런 주의를 받다 보니 엄청난 반응이 있는 줄 알았는데 상상하던 만큼은 아니었다. 물론 자신의 이름이 뉴스 제목에 있는 것이 신기하기는 했지만, 기사 대부분이 자신에 대한 얘기가 아니라 채이주에 관한 얘기에 자신이 끼어 있는 식이었다.

「채이주의 초이스를 받은 남자」
「채이주가 선택한 최정만. 과거 그는……」

대부분이 채이주의 부록 같은 느낌의 기사들이었다. 게다가 무슨 과거가 있다는 건지 클릭해서 들어가면 예전 기사에 나왔던 내용을 그대로 가져다 쓴 내용들이었다. 그렇다고 채이주 때문에 기분이 나쁜 건 아니었다. 오히려 채이주 덕분에 더 큰 주목을 받을 수 있기에 감사한 마음이었다. 다만 자신이 한 연기에 대해서 나온 기사가 없다는 것이 서운했다.

"하긴 오늘 방송 나왔으니까. 헛바람 들지 말고 내일 촬영 준비나 잘하자!"

스스로를 다잡으려는 듯 두 손으로 양 볼을 세게 때렸다. 그러고는 이제 씻으려고 할 때, 전화가 왔다.

"어! 동건이 형. 아직 안 끝났어요?"

—너, 왜 톡 안 봐!

"톡이요? 아! 아까 촬영장이라서 알림 꺼 놨거든요."

—아 참. 어쩐지 읽지도 않더라. 너 간단하게 축하 파티 하려고 치킨 배달 시켰거든.

"저요?"

—너도 축하하고 우리들도 다 축하하는 거지! 왜, 너만 해 줘?

"아니에요! 숙소로 주문하셨어요?"

—웅, 그런데 번쩍인 줄 몰랐는데 번쩍배달이더라고, 우리 지금 숙소 가고 있긴 한데 우리보다 빨리 도착할 거 같으니까 받

아 두라고.

"아! 네!"

—고마워, 그럼 좀 이따 봐.

방송에 나오지 못한 동건이 실망했을 거라고 생각했는데 딱히 그렇지는 않아 보였다. 덕분에 정만도 마음이 훨씬 편해졌다.

"아, 알림부터 켜야지."

씻으러 가던 정만이 메시지 알림을 켜는 순간 자리에서 멈춰 섰다. 그러고는 아무런 말도 없이 휴대폰만 쳐다봤다.

"이게 다 뭐야……."

알람을 꺼 둔 사이에 채팅방이 엄청나게 늘어나 있었다. 기껏 해야 광고 채팅방 아니면 지금 팀원들이 만든 채팅방이 전부였 는데 지금은 내려도 내려도 끝이 없었다. 어떻게 자신의 번호를 알았는지 초등학교 동창들이 만든 채팅방부터 거의 한 학년 단 위로 만들어진 단체 채팅방에, 개인으로 온 메시지까지 어마어 마했다. 심지어는 오래전에 사귀던 여자 친구에게서까지 연락이 와 있는 상태였다.

계속 손가락으로 휴대폰 화면을 움직이던 정만이 하나의 메시 지를 본 순간 갑자기 전화를 걸었다.

"엄마, 미안. 지금 봤어."

─아들! 이제 촬영 끝났어?

"자고 있었어?"

─자기는! 엄마 궁금해서 죽을 뻔했네! 이제 들어온 거야?

"응, 오늘 촬영이 있어서."

─촬영 있으면 해야지! 그럴 거 같아서 엄마가 전화도 안 했어. 아빠가 전화한다는 거 말리느라 혼났어.

"아빠가? 아빠도 같이 방송 봤어?"

─아빠만 봤겠어? 지금 작은아빠 오셔서 아빠랑 술 드시고 계셔. 작은아빠가 계속 우리 정만이가 그럴 줄 알았다면서 아주 난리도 아니야.

"아빠는?"

─아빠 이미 술 취했어. 아까까지는 엄청 울더니 이제는 웃고만 있어. 엄청 좋은가 봐.

"왜 울어?"

─미안하니까 울지! 저렇게 잘할 줄 알았으면 어떻게라도 도와줄 걸 그러면서 술 취해서 엉엉 울었어.

아버지는 그동안 헛된 꿈을 꾼다며 반대만 했었다. 라이브 액팅에 참가할 때까지도 반대를 했었는데 자신이 한 연기를 보고 인정했다는 말을 듣자 순간 울컥했다. 어떤 기사에도 자신에 대한 연기에 대한 평가가 없어서 서운했던 마음이 완전히 사라져버렸다.

—여보, 누구랑 전화해. 어? 정만이? 내 아들? 정만아! 아빠가 미안하다! 아들, 아들. 아빠 또 울려 그런다. 내일 맨정신에 전화할게. 어여 자!

제8장

—

연예인병 I

　이틀 뒤. 방송이 나간 것과 별개로 촬영은 계속되었다. 일요일이었던 어제는 민주와 승훈의 촬영을 마쳤고, 오늘은 정만이 나올 장면을 촬영할 차례였다. 장소는 근처 초등학교를 섭외했다.

　필요한 배경이 낮이었기에 학생들이 일찍 하교하는 초등학교를 섭외한 것이었다. 하지만 선생님들이나 학교 직원들이 남아 있는 상태였기에 생각보다 구경하는 사람들이 많았다. 그들 중에는 어제 방송을 봤던 사람들도 있는지 참가자들을 알아보는 눈치였다.

　"스케줄을 어제로 잡았으면 얼마나 좋아. 이 실장, 이거 맞아?"

사람들이 많아서 불편했는지 유재섭이 약간 불만스러운 말을 뱉었다.

"섭외 팀도 고생했어요."
"알지. 그래도 좀 여유 있게 하면 좋을 거 같아서 하는 말이지."

옆에서 듣고 있던 태진도 유재섭과 같은 생각이었다. 사람들이 웅성거려서인지 참가자들이 집중을 못 하는 듯 보였다. 특히 방송에서 가장 스포트라이트를 받은 정만은 더했다. 알아보는 사람이 확실히 더 많았다. 그런 정만을 쳐다보던 태진은 조심스럽게 이창진에게 물었다.

"원래 이런 촬영은 세트장에서 하지 않아요?"
"시간이랑 돈이 많으면 그렇게 하죠. 미술 제작 팀 인원 꾸리고, 또 이렇게 교무실처럼 꾸미고 하려면 시간도 많이 들고 예산도 많이 들어요. 차라리 다 꾸며져 있는 곳을 빌리면 훨씬 쉽게 갈 수 있어요."

뭘 해도 예산이 문제였다. 방송 제작비 안에서 해결을 해야 했고, 매주 결과물을 내놓아야 하는 오디션의 특성상 지금의 방법이 최선이었다.
태진도 이해를 했지만, 정만이 잘할 수 있을지 걱정이 되었다. 게다가 며칠 같이 보내긴 했지만, 다른 팀과의 호흡을 맞춰야 했기에 더욱 걱정이 되었다.

정만도 걱정이 되는지 지금도 계속 연습을 하고 있는 중이기는 했다. 다만 연습이라서 그런 건지, 사람들이 신경 쓰여서 그런 건지, 태진이 보기에는 상당히 별로인 연기를 하는 중이었다.

그때, 촬영감독이 유재섭을 부르는 소리가 들렸다. 아마 뷰파인더를 통해 촬영 구도를 잡을 모양이었다. 그렇다는 것은 이제 촬영이 곧 시작된다는 것이었다. 아니나 다를까 확인을 마친 유재섭이 촬영을 시작하겠다고 외쳤다. 그러자 스태프들이 준비를 하기 시작했다.

첫 신은 정만이 아닌 플레이스 소속의 참가자였다. 정만을 나무라는 교감 역이었고, 유일하게 악역으로 등장하는 인물이었다.

자신이 학교 다닐 때 봤던 교감을 모티브로 분장을 했다는데 꽤 독한 느낌이 들었다. 게다가 어디서 구했는지 한 손에는 짧은 봉까지 들고 있었다.

촬영 시작을 알리자 교무실 문이 거칠게 열렸다. 그러고는 안으로 들어온 교감이 다시 부서질 듯이 문을 닫았다.

"컷."

짧은 첫 등장 신을 마쳤다. 태진이 보기에는 이상해도 너무 이상했다. 참가자가 모티브로 삼은 교감이 저런 성격이었을지는 몰라도 여기서는 그러면 안 됐다.

그런데 참가자는 자신의 연기가 만족스러웠는지 기대된다는 표정으로 유재섭을 쳐다봤다. 태진도 유재섭이 어떤 평가를 내릴지 궁금해 고개를 돌려 보니 화를 꾹 참고 있는 유재섭이 보였다.

"세원아."

"네!"

"왜 네 마음대로 대본을 바꿔? 지문에는 '조용히 들어와서 교무실을 둘러본다'라고 적혀 있잖아. 긴장하지 말고 대본대로 다시 가 보자."

"네?"

"대본대로 가자고. 네가 캐릭터 연구를 한 건 알겠는데 지금은 대본대로 가는 게 좋아 보여."

태진은 다행이라는 생각으로 고개를 끄덕였다. 그런데 참가자의 표정이 이상했다.

짧은 기간이지만, 그동안 봐 온 세원이라는 참가자는 유재섭의 지도에 잘 따르는 참가자였고, 연극 경험까지 있는 사람이었는데 지금은 좀 다른 모습이었다. 유재섭도 뭔가 느꼈는지 세원에게 물었다.

"왜? 지금 네가 한 게 더 나아 보여?"

"아니요… 그런 건 아닌데."

"그럼?"

"그게……."

"말을 해. 왜 말을 못 해."

지켜보는 사람이 많아서인지 유재섭이 화를 참는 듯 보였다. 그때, 우물쭈물거리던 세원이 입을 열었다.

"너무 임팩트가 없어 보이는 거 같아서요… 악역 느낌도 잘 안 살고요……."

"아."

유재섭은 답답했는지 인상을 약간 찡그렸다.

"악역도 종류가 많아. 지금 네 캐릭터는 분노를 표출하는 게 아니라 조근조근 돌려서 까는 그런 캐릭터야. 여기 장소가 깡패 소굴이 아니야. 여기 학교야."

"……."

세원이 받아들이지 못하는 듯 보이자 유재섭이 화가 슬슬 나는지 올라오는 화를 삭이려고 숨을 크게 들이마셨다.

"날 믿어. 너 원래 설정한 캐릭터대로 하는 게 더 잘 나와. 내가 너 연습하는 걸 봤잖아. 알겠지?"

그러자 세원이 마지못해 수긍을 했고, 다시 촬영이 재개되었다. 태진이 보기에도 연습했을 때의 연기가 훨씬 나아 보였는데 도대체 왜 저런 설정을 가지고 온 건지 이해할 수가 없었다. 그 때, 세원이 다시 교무실 문을 조용히 열고 들어오는 모습이 보였다.

'흠……'

무척 짧은 장면임에도 연습할 때의 모습이 전혀 보이지 않았다. 완전 다른 사람이라도 된 것 같았다.

그저 교무실을 훑어보는 것뿐인데도 세원의 연기를 보면 '내가 해도 저거보다 잘하겠다'라는 생각이 절로 들 정도였다. 아니나 다를까 유재섭이 다시 찍자며 세원을 교무실 밖으로 보냈다. 그 렇게 몇 번이나 같은 장면을 찍었고, 결국에는 유재섭이 인상을 팍 쓰며 스태프들에게 말했다.

"10분만 이따가 촬영합시다. 세원이하고 정만이 이리 와 봐. 윤중 씨도 오세요."

아파트의 부부 신에서 나오는 윤중이 정만을 위로하는 역할 이었기에 오늘도 촬영장에 있었다. 그런 윤중까지 부른 유재섭 은 더 이상 구경하는 사람들이나 라이브 액팅 카메라의 눈치를 보지 않았다.

"세원아, 하기 싫어?"

"아니요……."

"그렇게 네가 잡은 캐릭터 하고 싶어? 그렇게 티를 내면서 해야 돼?"

"죄송합니다."

"말은 죄송하면서 머리는 이해를 못 하고 있잖아. 이렇게 바꾼 거 너희 둘은 알고 있었어?"

정만과 윤중이 고개를 끄덕거리자 유재섭이 어이가 없다는 듯 고개를 뒤로 젖히며 웃었다.

"진짜 웃긴 놈들이네. 너희들 마음대로 할 거면 대본을 너희가 쓰고, 너네가 감독하고 다 해. 그리고 만약에 바꾼 게 좋다고 쳐. 그럼 카메라 돌기 전에 나나 스태프들한테 먼저 '이렇게 하면 어떨까' 하면서 얘기를 하는 게 먼저 아니냐? 지금 여기 나와 있는 스태프들이 우스워? 저 사람들 없으면 너희 아무것도 아니야."

"죄송합니다……."

세원의 표정을 보던 유재섭은 고개를 저었다.

"아니야, 아니야. 넌 지금도 사과하는 게 아니야. 뭐 때문에 그러는 거지? 아, 진짜 이해할 수가 없네. 너, 이거 끝으로 집에 가고 싶어?"

"아니요……."

"그러면 똑바로 하라고. 네가 이해를 못 하는 거 같아서 다시 얘기해 줄게. 지금 네 캐릭터도 굉장히 매력 있는 캐릭터야. 이거 작은 부분까지 신경 써서 만든 캐릭터야. 그저 지나가는 역할이 아니라고. 그렇죠?"

갑자기 질문을 받은 태진은 고개를 끄덕거리며 말했다.

"아무래도 오디션이다 보니까 어떤 캐릭터든 보여 줘야 하는 게 있을 거 같아서요."
"봐, 그렇다니까. 만약에 나한테 이런 대본이 들어오면 난 이거 했어. 네가 너무 튀면 전체가 흔들려. 뭘 말하려는 건지 기억에 남지가 않는다고. 그런데 한 팀장이 만든 네 캐릭터는 그 선을 굉장히 잘 지키고 있는 거야. 너 하고 싶은 대로 하지? 그럼 전부 다 같이 망하는 거야."

세원은 그제야 표정이 조금 풀리는 동시에 미안함이 몰려왔는지 고개를 푹 숙였다. 그러자 윤중이 세원의 등을 어루만지며 말했다.

"죄송합니다. 저희가 그런 생각까지는 못했습니다."
"너희들도 부른 게 너네 마음대로 하지 말라고 미리 말하려고 부른 거야."
"네."
"너희들 마음대로 할 거면 내가 여기 왜 있냐? 그리고 내가 너희들 망하게 하려고 못 하게 하는 것도 아니고. 연기 선배로서 좋은 방향으로 갈 수 있는데 엇나가니까 그러는 거야. 알겠어?"

"네, 그냥 좀 저희가 조바심이 났나 봐요."

윤중의 말에 유재섭과 태진은 고개를 갸웃거렸다. 긴장을 했다면 모를까 조바심이 났다는 건 이해가 되지 않았다.

"조바심이 왜 나? 어디 쫓겨?"

"아, 그게… 저도 그렇고 세원이 형도 그렇고… 엊그제 방송에서 너무 짧게 나와서요. 사람들 반응도 없고 그래서……."

"하아."

유재섭은 그제야 이해가 되었다는 듯 헛웃음을 뱉었고, 태진도 세원의 행동이 이해되었다.

'아, 탈락할 수도 있으니까 최대한 뭔가를 보여 주려고 한 거구나.'

그런 생각이 들자 세원이 약간 짠하게 느껴졌다. 그때, 세원이 민망하면서도 미안했는지 굳게 다문 입술을 열며 말했다.

"죄송합니다. 잘해 볼게요."

세원의 마음을 안 유재섭은 화가 가셨는지 조용한 목소리로 말했다.

"그래, 오디션이라는 게 사람을 좀 그렇게 만들지. 뭘 보여 줘야 하니까. 그런데 너희들 이거 끝나면 배우 안 할 거야? 아니잖아. 눈에 띄는 연기로 오디션에서 잠깐 반짝이는 거보다 제대로 된 연기로 오래 하고 싶지 않아? 배우란 게 그래. 지금 당장은 힘들더라도 꾸준히 연기를 해서 경험이 쌓이고 연기력이 늘면 평생직장이야. 정년퇴직도 없지. 이창일 배우님만 봐도 아직도 활동하잖아. 너무 당장 눈앞에 있는 거만 보지 말고 멀리 봤으면 한다. 특히 세원이 너, 조바심 내지 마. 충분히 잘하고 있어."

스튜디오에서도 느꼈지만, 무척 솔직해서 참가자들을 진심으로 위하는 것이 느껴졌다.

그런 유재섭의 마음을 느꼈는지 세원은 의지를 다시 다지듯 연신 고개를 끄덕거렸다. 참 다행이라고 느낄 때, 태진의 눈에 정만이 보였다.

'허……'

지금 보니 세원이 문제가 아니었다. 아까 정만이 연습하는 모습을 봤을 때 연기가 좀 이상하다고 생각하긴 했는데 오늘은 정만이 그렇게 중요한 장면이 없었기에 의아하지만 넘어갔다.

그런데 세원의 얘기를 들어 보니 정만의 상태가 제대로 파악되었다.

지금 유재섭에게 충고와 조언을 들었음에도 계속 주위를 기웃거리는 중이었다. 그런 정만의 시선 끝에는 열려 있는 문과 창문으로 이쪽을 보는 사람들이 있었다.

그리고 정만은 저걸 부끄러워하는 것처럼 보였다. 연기파 배우이자 인기까지 있는 유재섭에게 조언을 들으면서 할 행동이 아니었다.

'연예인병이 이런 거 말하는 건가……?'

첫 방송에서는 정만이 주인공이나 다름없었다. 물론 제작진의 의도대로 권단우와 최정만의 대결 구도로 잡히긴 했지만, 권단우는 이미 탈락한 상태이다 보니 앞으로도 최정만이 주인공이 될 것이었다. 정만도 아마 그걸 알고 있는 듯했다. 그게 아니고서는 지금 이 상황을 부끄러워할 리가 없었다.

정만이 하루아침에 왜 이렇게 변한 건지 알 순 없지만, 그건 나중 문제였다. 이대로 두면 정만도 세원과 같은 처지가 될 수도 있었다. 그런 상황이 나쁜 것만은 아니었지만, 지금은 아니었다. 지금까지 오디션 프로그램을 보면서 느낀 바로는 열심히 하는 사람에게 마음이 쏠리게 되어 있었다.

그렇기에 정만의 저런 모습이 카메라에 담기면 정만에게 쏠리던 관심이 순식간에 흩어질 것이었다. 하지만 정만에게 어떤 조언을 하기가 난감했다. 배우를 해 본 적도 없었고, 사람들에게 관심을 받아 본 적도 없었다. 잠시 고민을 하던 태진은 유재섭을 쳐다봤다.

『모방에서 창조까지 하는 에이전트』 5권에 계속…